NOCES MORTELLES À AIX-EN-PROVENCE

DANS LA MÊME COLLECTION :

☐ N° 1 — HIGGINS MÈNE L'ENQUÊTE
☐ N° 2 — MEURTRE AU BRITISH MUSEUM
☐ N° 3 — LE SECRET DES MAC GORDON
☐ N° 4 — CRIME À LINDENBOURNE
☐ N° 5 — L'ASSASSIN DE LA TOUR DE LONDRES
☐ N° 6 — LES TROIS CRIMES DE NOËL
☐ N° 7 — MEURTRE À CAMBRIDGE
☐ N° 8 — MEURTRE CHEZ LES DRUIDES
☐ N° 9 — MEURTRE À QUATRE MAINS
☐ N° 10 — LE MYSTÈRE DE KENSINGTON
☐ N° 11 — QUI A TUÉ SIR CHARLES ?
☐ N° 12 — MEURTRES AU TOUQUET
☐ N° 13 — LE RETOUR DE JACK L'ÉVENTREUR
☐ N° 14 — MEURTRE CHEZ UN ÉDITEUR
☐ N° 15 — MEURTRE DANS LE VIEUX NICE
☐ N° 16 — QUATRE FEMMES POUR UN MEURTRE
☐ N° 17 — LE SECRET DE LA CHAMBRE NOIRE
☐ N° 18 — MEURTRE SUR INVITATION
☐ N° 19 — NOCES MORTELLES À AIX-EN-PROVENCE
☐ N° 20 — LES DISPARUS DU LOCH NESS
☐ N° 21 — L'ASSASSINAT DU ROI ARTHUR
☐ N° 22 — L'HORLOGER DE BUCKINGHAM
☐ N° 23 — QUI A TUÉ L'ASTROLOGUE ?
☐ N° 24 — LA JEUNE FILLE ET LA MORT
☐ N° 25 — LA MALÉDICTION DU TEMPLIER
☐ N° 26 — CRIME PRINTANIER
☐ N° 27 — TIMBRE MORTEL
☐ N° 28 — CRIME AU FESTIVAL DE CANNES
☐ N° 29 — BALLE MORTELLE À WIMBLEDON
☐ N° 30 — HIGGINS CONTRE SCOTLAND YARD
☐ N° 31 — MEURTRE DANS LA CITY
☐ N° 32 — UN PARFAIT TÉMOIN
☐ N° 33 — MEURTRE SUR CANAPÉ
☐ N° 34 — LE CRIME D'IVANHOÉ

(Page à découper ou à copier)

J.B. LIVINGSTONE

NOCES MORTELLES À AIX-EN-PROVENCE

EDITIONS GERARD DE VILLIERS

À Madame Monique Nouguier,

sub rosa

ISBN 2-7386-0370-X

CHAPITRE PREMIER

En cette chaude soirée d'été, ornée du chant des cigales et de la senteur des pins, la Provence était en fête. Aix la séduisante et la charmeuse, la plus jolie des villes de France, selon ses habitants, accueillait à la fois le divin Mozart et la reine d'Angleterre. Élisabeth II, en effet, assistait à une représentation des *Noces de Figaro,* somptueux cadeau de mariage offert à Lady Godiva, fille d'une amie d'enfance de la souveraine ; l'unique descendante de la lignée des Corby convolait en justes noces avec un Aixois fortuné, le prince Albert-René de Montjoie.

En smoking ou en robe du soir, les invités, triés sur le volet, étaient filtrés par un service d'ordre scrupuleux qui leur permettait de franchir l'entrée majestueuse de l'archevêché, dont la façade était l'œuvre de Charles de Vintimille, mort archevêque de Paris en 1746. De l'autre côté s'ouvrait la fameuse cour où, dans le cadre du festival d'art lyrique d'Aix-en-Provence, élevé à la hauteur d'une institution dès sa naissance, se donnaient les représentations des opéras de Mozart. L'ancien palais archiépiscopal résonnait, en ces étés miraculeux, de la plus belle musique d'orchestre jamais écrite et des chants les plus sublimes.

Sous les platanes, on discutait ferme ; le protocole avait courtoisement mais fermement refusé les invitations réclamées par un M. Sartre et une Mme de Beauvoir dont les prises de position intellectuelles paraissaient incompatibles avec la dignité de la cérémonie ; André Maurois, en revanche, figurait au parterre non loin de François Mauriac, chantre de la grandeur étoilée du ciel d'Aix, seul apte à faire vraiment percevoir le mystère de la musique de Mozart.

Jamais assistance n'avait été plus noble et plus huppée ; lorsque le maigre et sévère chef d'orchestre Hans Rosbaud attaqua les premières mesures de l'ouverture endiablée des *Noces,* elle frissonna d'aise. Quand les deux grandes vedettes de la distribution, Teresa Stich-Randall dans le rôle de la comtesse et Rita Streich dans celui de Suzanne, s'élancèrent dans leurs airs inégalables, chaque spectateur vécut des moments d'extase à jamais gravés dans le cœur.

Le superintendant Scott Marlow de Scotland Yard vivait, lui aussi, des heures inoubliables ; son rêve le plus secret se réalisait, l'espace d'une soirée : faire partie de la « protection rapprochée de Sa Majesté ». À lui de veiller sans la moindre défaillance sur celle qu'il considérait comme la plus belle femme du monde et de lui éviter tout désagrément.

Scott Marlow écoutait à peine l'opéra ; il n'avait d'yeux et d'oreilles que pour la reine d'Angleterre, bien qu'elle ne courût guère de risques dans un lieu aussi enchanteur. Une estrade spéciale avait été construite pour Sa Majesté et les personnalités invitées, au nombre de neuf : le prince Albert-René de Montjoie et sa future épouse, Lady Godiva ; l'archevêque Thomas Youlgreave appelé à bénir, le lendemain, le mariage religieux ; Rose Wolferton, la célèbre pianiste anglaise ; Adonis Lempereur, metteur en scène des *Noces ;* Humbert Worcester, critique d'opéra ; Adeline Lubéron, jeune soprano française vainqueur du récent concours Mozart ; Anatole Grisnez, maquilleur et costumier ; Jenny Naseby, régisseuse du domaine de Lady Godiva.

Tous étaient installés sur l'estrade recouverte de tissu rouge et pourvue de confortables fauteuils Empire ; au premier rang, seule et superbe, la souveraine ; puis ses hôtes, disposés en demi-cercle avec, au centre et derrière la reine, le couple à l'origine de ces festivités qui feraient date.

Placé en contrebas, Marlow n'occupait pas le meilleur des postes de surveillance, mais s'était bien juré que rien ne lui échapperait ; il avait scruté le visage des invités et noté que tous portaient des gants : blancs pour les hommes, couleurs variées pour les femmes.

Le matin avait eu lieu, dans l'intimité, le mariage civil à Aix-en-Provence ; bien entendu, personne n'estimait que le prince Albert-René de Montjoie et Lady Godiva seraient réellement unis avant la célébration du mariage religieux par l'archevêque Thomas Youlgreave, prévu pour le lendemain à la cathédrale Saint-Sauveur. Aux yeux du couple, l'opéra de Mozart représentait un excellent trait d'union entre le profane et le sacré.

Entre la mairie et la cour de l'archevêché, Lady Godiva avait changé de coiffure ; d'élégante, elle était devenue éblouissante. Elle possédait une beauté hiératique, presque trop parfaite ; en elle s'incarnait probablement une déesse antique inaccessible et irremplaçable. Seul un Raphaël aurait pu peindre ce visage ovale aux douceurs secrètes et aux traits lumineux ; seul un Michel-Ange aurait pu sculpter ces cheveux auburn arrangés en une cascade de mèches jaillissant les unes des autres.

Hans Rosbaud, dans une forme exceptionnelle, dirigeait avec vivacité et rigueur ; Teresa Stich-Randall campait une sublime comtesse avec l'inexplicable phrasé mozartien qui faisait de chaque portée un chant magique.

Les minutes de bonheur s'envolaient vite et regagnaient les étoiles de la nuit aixoise d'où elles étaient issues ; survint alors la dernière scène. Dans le jardin où la comtesse et sa servante avaient échangé leurs vêtements, le comte croyait avoir surpris son épouse en flagrant délit d'adultère et refusait, malgré ses supplications, de lui accorder son pardon. Apparut alors la comtesse qui dévoila son visage devant le comte stupéfié. Ce dernier s'agenouilla et, avec noblesse, supplia à son tour : « Pardon, comtesse. »

Alors s'éleva la phrase musicale la plus émouvante de tout l'opéra ; avec une voix provenant d'un autre monde où le mal n'existait pas et où tout était lumière, la comtesse chanta : « Je suis plus clémente que vous et je vous l'accorde. »

Mais, ce soir-là, ce ne fut pas Teresa Stich-Randall qui répondit au comte et le délivra de ses fautes ; la grande cantatrice fut interrompue par des hurlements provenant de l'estrade royale.

– Au nom du Seigneur tout-puissant, cria l'archevêque Thomas Youlgreave, arrêtez ! Arrêtez, par pitié ! On ne peut pas aller plus loin ! Ce serait un péché... un péché mortel !

Éberlués, les chanteurs se regardèrent les uns les autres ; certains musiciens cessèrent de jouer, d'autres firent des fausses notes ; aux vociférations du prélat succédèrent les murmures de la salle, bientôt transformés en brouhaha. On se leva, on s'apostropha, on protesta.

Au cœur de ce tumulte, on entendit à peine deux coups de feu, le bruit de la chute de deux corps et celui d'un revolver jeté aux pieds de Sa Majesté Élisabeth II.

CHAPITRE II

Scott Marlow, bondissant sur l'estrade, se jeta sur l'arme et protégea de son corps la souveraine, encore inconsciente du drame qui venait de se produire. Le superintendant s'excusa, bredouilla quelques mots, vite interrompu par un nouveau cri.

— À l'assassin ! hurla Jenny Naseby.

Plusieurs membres du service d'ordre envahirent l'estrade.

Le prince Albert-René de Montjoie, le cœur percé d'une balle, respirait encore ; la belle Lady Godiva, défigurée par un autre projectile, était morte sur le coup.

Rose Wolferton, la pianiste anglaise, s'évanouit ; l'archevêque Thomas Youlgreave scandait des chapelets de « Mon Dieu, mon Dieu ! » ; Adonis Lempereur et Humbert Worcester, les bras ballants, semblaient statufiés ; Adeline Lubéron pleurait à chaudes larmes ; Anatole Grisnez tentait de calmer Jenny Naseby en proie à une crise d'hystérie.

Chanteurs et chanteuses quittèrent la scène, les musiciens gagnèrent les coulisses, la foule fut dispersée par la police ; très digne, la reine garda son sang-froid mais ne se retourna pas pour contempler l'horrible spectacle.

Au pied de l'estrade, à quelques mètres de lui, le superintendant Marlow découvrit un homme de taille moyenne, habillé d'un smoking impeccable, les tempes grisonnantes, la fine moustache poivre et sel admirablement taillée, les yeux vifs et profonds, il dessinait un plan sur l'une des pages de son carnet noir.

— Higgins… mais qu'est-ce que vous faites ici ?

— Un mozartien digne de ce nom ne pouvait manquer une représentation aussi exceptionnelle, mon cher Marlow.

*
**

Les heures qui suivirent le drame comptèrent au nombre des plus noires de l'existence du superintendant Marlow ; harcelé de toutes parts, assailli par le service du protocole, les responsables du festival, la police française et une presse déchaînée, il puisa dans l'aide patiente et déterminée de Higgins le courage de résister à l'adversité.

La conclusion s'imposait d'elle-même : il fallait trouver l'assassin au plus vite afin d'étouffer dans l'œuf un gigantesque scandale.

— Détendez-vous, recommanda Higgins, tandis que Scott Marlow examinait l'estrade pour la dixième fois.

— Me détendre ? Impossible… avec cet assassin qui a pris la fuite !

— L'assassin est là.

Le superintendant sursauta.

— Je veux dire : *était* là, sur cette estrade.

Marlow blêmit :

— En êtes-vous certain... si près de la reine ?

— Revoyez vous-même la situation. L'assassin a profité du brouhaha causé par l'intervention de l'archevêque pour tirer à deux reprises mais il ne s'est pas enfui ; le service d'ordre l'aurait empêché de franchir la porte de l'archevêché. Après avoir commis son crime, il a jeté l'arme aux pieds de Sa Majesté et s'est bien gardé de quitter l'estrade où tout le monde s'agitait en tous sens.

Le superintendant revécut la terrible scène et se rendit à la raison : la pénombre, la panique, l'agitation, les mouvements désordonnés, la rapidité de l'action... oui, l'assassin avait agi avec un incroyable sang-froid ; non seulement la préméditation ne faisait aucun doute mais encore la stratégie criminelle avait été exécutée avec une rare lucidité.

— C'est épouvantable, Higgins... La police a retenu tous les invités du couple qu'elle qualifie encore de « simples témoins ».

— Rien de plus naturel, superintendant, puisqu'une main criminelle s'est glissée parmi eux.

— Un archevêque tout de même...

— Si je ne m'abuse, c'est bien lui qui a interrompu l'opéra en poussant des cris incongrus.

— Vous vous êtes donc retourné vers l'estrade !

— Vous savez bien que j'ai des yeux dans le dos et des oreilles partout.

Dans des circonstances aussi dramatiques, Marlow jugea de mauvais goût la plaisanterie de Higgins ; la reine, mêlée à un crime, voyait son honneur bafoué et des citoyens britanniques irréprochables étaient prisonniers de la police française.

— Le premier point à éclaircir, jugea Higgins, est la raison de la présence de chacun des invités sur l'estrade ; nous devrons établir leurs liens avec le couple assassiné.

— Vous avez bien dit : *nous* ?

Higgins demeura indéchiffrable.

— L'affaire ne se présente pas très bien, mon cher Marlow ; mais songez aux paroles de Figaro : *Je saurai... mais lentement ! En dissimulant, je découvrirai mieux le mystère et, avec art, je démonterai la machination.*

Le superintendant se renfrogna.

— Ce n'est pas l'opéra qui nous donnera les clés de l'énigme.

— Je n'en jurerais pas ; tout est dissimulé dans *Les Noces.* Figaro n'est pas Figaro, mais un enfant perdu ou plutôt volé qui porte sur le bras une marque hiéroglyphique faisant de lui un noble ; la comtesse et Suzanne échangent leurs vêtements et sans doute leur âme ; dans le jardin où se déroule la scène finale, l'obscurité et les déguisements égarent les sens.

Que Higgins fût un amateur éclairé de l'œuvre mozartienne ne justifiait pas cette fâcheuse tendance au mysticisme qui viciait son raisonnement ; Marlow, en saine logique, ne discernait aucun lien entre la musique des *Noces* et un meurtre aux circonstances encore mystérieuses.

— Avant d'envisager de semblables hypothèses, estima-t-il, il faudrait disposer d'éléments concrets.

— Vous avez raison, mon cher Marlow.

Depuis toujours, Higgins appréciait le sérieux et la conscience professionnelle de son collègue ; jamais il n'avait économisé ses efforts pour que perdure la grandeur du Yard. Hélas, Scott Marlow ne savait pas s'habiller et proférait une croyance parfois aveugle en la science, au mépris de l'intuition, seule capable d'éclairer le chemin d'un enquêteur.

— Reste la reine, murmura Scott Marlow, très sombre.

— Supposez-vous qu'elle a joué un rôle dans cette affaire ?

— Higgins ! Qui oserait émettre une telle supposition ? J'évoquais simplement ses exigences...

— Elles sont simples : vérité et discrétion.

— Mais comment...

— Accordez-moi votre confiance, mon cher Marlow.

Le superintendant, plongé dans une situation inextricable, pouvait difficilement refuser ; certes, il redoutait les méthodes peu conventionnelles de l'ex-inspecteur-chef mais, dans de semblables circonstances, son assistance était la bienvenue. De plus, Higgins parlait couramment le français alors que Marlow, malgré un excellent niveau de compréhension et d'expression, percevait mal certaines nuances de cet idiome complexe.

Un oiseau chanta, inconscient de l'horrible drame qui venait d'endeuiller l'ancienne capitale de la Provence ; Marlow, découragé, se demanda s'il ne ferait pas mieux de remettre sa démission.

— Ne soyez pas pessimiste, superintendant ; nous réussirons.

— Le ciel vous entende...

— C'est l'un des plus beaux du monde ; lorsqu'elles écoutent du Mozart, les étoiles brillent davantage. Avoir ensanglanté le théâtre de l'archevêché est une impardonnable faute de goût et interrompre *Les Noces de Figaro* un péché contre l'esprit.

— Oublieriez-vous les deux cadavres ?

— Je n'oublie jamais un cadavre, mon cher Marlow ; ces deux-là ont droit au repos éternel. Ils le connaîtront lorsque l'assassin aura été identifié.

CHAPITRE III

Situé en face d'un casino somnolent, le commissariat de police d'Aix-en-Provence était en proie à une agitation inhabituelle. Même à l'heure de la sieste et du pastis, en pleine chaleur, la totalité des effectifs de la police municipale demeuraient sur le pied de guerre. Aucun Provençal n'étant mêlé à un drame franco-britannique, les gardiens de l'ordre public pestaient contre ce charivari qui troublait le calme légendaire de l'élégante cité du roi René.

Une dizaine de paires d'yeux plus ou moins amicaux dévisagèrent Higgins et Marlow quand ils franchirent le seuil du commissariat ; l'ex-inspecteur-chef était vêtu d'un blazer bleu, d'une chemise jaune pâle en harmonie avec une cravate bordeaux et d'un pantalon en coton. Le superintendant se contentait d'un costume gris froissé et d'une cravate à pois du plus triste effet ; sa corpulence et son allure martiale imposèrent néanmoins le respect, et c'est en silence que les deux sujets britanniques montèrent l'escalier menant au bureau du commissaire Octave Papassaudi.

Ce dernier était un sosie de Marlow ; deux ventilateurs lui apportaient un peu d'air frais.

— Quelle chaleur, se plaignit-il. Bienvenue à Aix, mes chers collègues ; j'aurais aimé vous accueillir dans de meilleures circonstances mais, dans notre métier, nous sommes condamnés à l'impondérable.

Marlow s'épongea le front avec un mouchoir ; Higgins, qui ressentait les effets de la canicule à partir de quinze degrés, demeura néanmoins stoïque.

— Votre présence ici, mes chers collègues... comment dire...

— Elle est gênante, précisa Higgins.

— Comme vous y allez ! La Provence est accueillante, ses paysages sont sublimes... les randonnées dans le massif de Sainte-Victoire, la découverte des calanques de Cassis, la...

— Nous avons un meurtre sur les bras, rappela Marlow.

— Pastis ? proposa Octave Papassaudi.

Marlow trouva la « mominette » rafraîchissante et en savoura rapidement une seconde.

— Sale histoire, reconnut le commmissaire. D'ordinaire, ici, on s'entre-tue très peu et, surtout entre nous, sans faire de vagues ; mais cette tuerie-là, avec des personnalités et des étrangers...

— Avez-vous reçu des instructions nous concernant ? demanda Higgins.

— Oui, avoua le commissaire ; je dois vous accorder carte blanche et ça m'ennuie beaucoup.

— Pourquoi donc ?

— D'habitude, nous nous débrouillons entre nous... et là, tout à coup, des policiers étrangers.

— Grâce à votre aide, nous serons extrêmement discrets.

Le commissaire poussa un soupir de soulagement.

— Ça signifie que vous n'allez pas déployer sur le terrain une équipe de spécialistes avec un énorme matériel ?

— Nous ne sommes que deux, répondit Higgins au grand dam de Scott Marlow ; aux yeux de vos concitoyens, nous apparaîtrons comme d'innocents promeneurs.

Octave Papassaudi offrit un large sourire à ses interlocuteurs.

— Voilà qui me convient tout à fait.

— Et... les témoins ? interrogea Marlow.

— J'ai procédé à un interrogatoire en règle ; tous sont hébergés de manière décente. Voici les adresses où nous les avons placés sous surveillance. Si vous désirez les voir...

Le commissaire remit une note à Higgins.

— Nous les verrons, en effet, et nous procéderons à la fois selon nos méthodes et avec discrétion ; à moins, monsieur le Commissaire, que vous n'ayez déjà identifié le coupable.

— À vrai dire, pas encore... nous procédons à une série d'expertises qui fourniront obligatoirement une piste sérieuse.

— Les victimes ?

Octave Papassaudi parut embarrassé.

— Godiva Corby est morte et bien morte... de

son visage, il ne reste pas grand-chose. La balle l'a atteinte en pleine face. Le prince de Montjoie, en revanche, n'a pas encore rendu son dernier soupir.

Scott Marlow ne dissimula pas son intérêt.

— Vous voulez dire... qu'il pourrait parler ?

— Les médecins pensent qu'il n'a aucune chance de survivre ; la balle a causé trop de dégâts. Mais s'il sort du coma, il témoignera peut-être...

*
**

Octave Papassaudi, Higgins et Scott Marlow passèrent l'après-midi à l'hôpital où Albert-René de Montjoie luttait désespérément contre la mort. Personne ne tentait d'égayer une atmosphère de plus en plus lourde ; le commissaire appelait fréquemment son bureau, impatient d'obtenir des rapports qui ne venaient pas, Scott Marlow faisait nerveusement les cent pas, Higgins songeait à l'« *Ode à la douleur passagère* » d'Harriet J.B. Harrenlittlewoodrof dont les premiers vers libres avaient charmé plusieurs membres du jury Nobel :

Douleur passante, fil ténu du cœur dolent,
Source des maux d'hier, chantre des joies futures,
Abîme ouvert sous nos pieds d'argile,
Ta voix muette est le défi du monde.

Un chirurgien épuisé échangea quelques mots avec le commissaire qui se tourna vers les Anglais.

— Il a repris conscience mais il n'y a plus d'espoir ; nous sommes autorisés à le voir quelques instants.

Scott Marlow, qui avait horreur du sang, des

hôpitaux et du spectacle de la souffrance, se tint en retrait pendant que son collègue français, aux côtés duquel Higgins demeura silencieux, se penchait sur le blessé bardé de tuyaux et d'équipements de survie.

— Avez-vous vu votre assassin ?

— Je ne comprends pas… de la folie, c'est de la folie… mais pourquoi…

Les lèvres se crispèrent, les yeux se révulsèrent. Le chirurgien pria les policiers de s'écarter.

— Désolé, messieurs. C'est fini.

CHAPITRE IV

Capitale de la Provence jusqu'à la Révolution, puis belle endormie jouissant des souvenirs d'une gloire passée, Aix-en-Provence demeurait le centre secret de la Provence où le soleil brillait trois cents jours de l'année. Fière de son université fondée au XVe siècle où théologie, médecine puis droit et lettres avaient été enseignés avec brio, la vieille cité célébrait, comme nulle autre, la douceur de vivre enchâssée dans la tiédeur des pierres aux couleurs chaudes ; la musique des fontaines évoquait l'oisiveté luxueuse des innombrables hôtels particuliers où une aristocratie cultivée se livrait aux joies des arts. Menacée par l'endormissement, la ruée des Parisiens qualifiés d'envahisseurs et les bruits du monde moderne, Aix-en-Provence avait trouvé une réplique géniale : la création d'un festival d'art lyrique dont le bon génie était Mozart ; un Mozart devenu Aixois au point que de nombreux mélomanes étaient certains d'avoir vu son ombre lumineuse se promener dans les rues de la ville.

Higgins, aussi sévère sur le choix des chefs

d'orchestre que sur celui des interprètes, devait reconnaître que les options du fondateur du festival, Gabriel Dussurget, étaient remarquables ; une Teresa Stich-Randall marquerait sans nul doute l'histoire du chant mozartien. Le Salzbourg français se montrait digne, à présent, de son ancienne vie artistique, quand les grands seigneurs conviaient peintres et architectes à concevoir des chefs-d'œuvre égayant le fil des jours ; à l'écart des routes stratégiques et commerciales, Aix avait su marier les génies italien et provençal dans une architecture sereine où se mêlaient la mollasse jaune de Bibemus, le marbre du Tholonet et la pierre de Calissanne.

L'ex-inspecteur-chef goûtait le charme des fontaines ; chaque place, petite ou grande, bénéficiait de la douce musique d'une eau cristalline rappelant une très ancienne vocation de cité thermale ; Higgins eût aimé flâner longuement dans les rues et s'arrêter près de la fontaine de la place des Prêcheurs ou de celle des Trois-Ormeaux ; mais la convocation du maire d'Aix-en-Provence ne lui en laissait pas le loisir.

Au centre de la vieille cité, l'hôtel de ville se signalait surtout par l'imposante tour de l'horloge dont les assises inférieures étaient composées de pierres d'époque romaine ; seul vestige de l'édifice détruit par Charles Quint, elle trônait sur le bâtiment du XVIIe siècle, construit à ses pieds. Higgins se souvenait de la magnifique porte de bois aux heurtoirs en forme de mufle de lion et de la fontaine près de laquelle bavardaient des amoureux avant de passer dans la fameuse salle des mariages, l'ancien arsenal débarrassé de toutes espèces de munitions pour ne pas fournir d'armes dangereuses aux nouveaux mariés.

Ce matin-là se tenait le ravissant marché aux fleurs, éblouissement pour la vue et l'odorat ; sans doute le fantôme du marquis de Vauvenargues, dont la demeure était proche, y prenait-il encore plaisir ; un homme qui avait écrit que les grandes pensées viennent du cœur ne pouvait qu'admirer les chefs-d'œuvre de la nature.

Higgins accorda un regard à la grande grille en fer forgé, traversa la cour pavée et pénétra dans l'hôtel de ville par une entrée monumentale donnant accès à un superbe escalier ; au sommet des marches, l'imposante statue du maréchal duc de Villars, sculptée dans un style pompeux.

C'était là que le premier magistrat d'Aix-en-Provence, un homme affable et courtois, attendait l'ex-inspecteur-chef.

— Pardonnez-moi de ne pas vous recevoir dans mon bureau, inspecteur ; j'ai pensé qu'un cadre moins solennel...

— Vous avez eu raison, monsieur le Maire.

Aix est bouleversée ; nous sommes une ville où l'harmonie et la justice tiennent une grande place.

— Votre cour d'appel n'est-elle pas la plus réputée de France ?

— Vous me flattez, inspecteur.

— Mais je n'oublie pas que le palais de justice actuel a été édifié sur l'emplacement de l'ancien palais des comtes de Provence ; le droit ne doit pas faire oublier la tradition à laquelle nos deux pays sont si attachés.

— Sa Majesté Élisabeth II l'a souligné avec force lors de l'entretien qu'elle m'a accordé, rappela le maire ; un grand honneur que j'ai apprécié à son juste prix, en dépit des circonstances tragiques. La reine m'a parlé de vous en des termes élogieux, inspecteur ; elle pense que vous pourriez être l'homme de la situation mais ne saurait, bien entendu, imposer la moindre directive.

— Bien entendu.

— Vous savez sans doute que la couronne britannique a présidé le jury qui a décerné le premier prix du concours Mozart à la jeune Adeline Lubéron.

— On en dit le plus grand bien.

— Sa carrière s'annonce remarquable, en effet ; elle est déjà une soprano de très grande qualité. La mairie est fière de l'avoir aidée à réaliser sa vocation.

— Louange vous en soit accordée.

— Que votre enquête demeure discrète, quasi officieuse, est une évidence souhaitée par tous ; le commissaire Papassaudi m'a affirmé que les méthodes d'investigation les plus modernes aboutiraient sans tarder à l'identification de l'assassin et mettraient un terme rapide à ce drame atroce.

— Je le souhaite vivement, de même que le superintendant Marlow.

— Votre collègue et vous-même devriez prendre un peu de repos en attendant les résultats de l'enquête ; la cuisine provençale est exquise et notre région offre de merveilleuses promenades, sans compter le vieil Aix que l'on n'a jamais fini de découvrir.

— Comment ne pas partager votre point de vue ? Néanmoins...

— Néanmoins ?

— J'aimerais apporter ma modeste collaboration à la police française en interrogeant les témoins ; un détail pourrait peut-être me frapper et servir au commissaire Papassaudi.

Le maire ne parut guère convaincu.

— Le cas de l'archevêque Thomas Youlgreave est particulièrement délicat, poursuivit Higgins ; un homme du Yard le mettra à l'aise. Heurter la conscience d'un prélat de son rang serait une grave erreur de stratégie, mieux vaudrait l'aborder avec tact et le mettre en confiance afin d'obtenir un témoignage complet et précis.

Cette fois, le maire acquiesça.

— Idée acceptable... Est-il nécessaire d'interroger les autres témoins ?

— Je le crains, monsieur le Maire.

— Évitez d'importuner Adeline Lubéron, cette jeune personne est insoupçonnable. Qui pourrait, une seule seconde, l'imaginer l'arme au poing ?

CHAPITRE V

Higgins et Marlow prirent la direction du Tholonet dans une voiture de louage que conduisait un chauffeur jovial, grand amateur de pastis, d'aïoli et de soleil ; peu pressé, il conduisait à quarante à l'heure, lâchait fréquemment le volant et s'arrêtait pour saluer un ami.

— Vous êtes pour longtemps dans la région, messieurs ?

— C'est selon, répondit Higgins.

— Ici, c'est le plus beau pays du monde ; si vous comprenez ça, tout vous sera facile. Vous êtes de la police anglaise, à ce qu'il paraît ?

— Scotland Yard, précisa Scott Marlow, irrité.

— C'est à cause de la tuerie du festival, hein ?

— On ne peut rien vous cacher.

— En tout cas, moi, j'en sais long là-dessus.

— Instruisez-nous, pria Higgins.

— Ce coup-là, c'est pas un bandit de chez nous qui l'a commis ; nos petits gars, je les connais tous. Ce n'est pas un flic qui les attrapera.

La voiture stoppa brusquement à hauteur d'un petit pont, au lieu-dit les Trois-Sautets.

— Monument historique, révéla le chauffeur ; l'un de vos compatriotes s'est illustré ici même.

Marlow se demandait quel général anglais avait franchi victorieusement cet étroit passage pour s'emparer de la contrée ; rien, dans ses souvenirs, ne lui rappelait que la Provence eût été britannique, même à l'époque de la splendeur victorienne.

— Winston Churchill a planté son chevalet sur ce pont et peint la montagne Sainte-Victoire. Épatant, non ? Rien à voir avec notre Cézanne, mais c'était quand même un bel hommage.

Higgins doutait que Churchill eût réussi, comme le peintre français, à « unir les hanches des femmes aux courbes des collines » ; mais l'illustre Anglais avait succombé, comme tant d'autres, au charme d'un pays que Louis II d'Anjou, roi de Sicile et comte de Provence, décrivait au XVe siècle en des termes toujours d'actualité : « À Aix, l'air est salubre, les habitants d'humeur agréable et paisible ; on n'a point à y redouter les rixes si fréquentes ailleurs et l'on y trouve d'habiles docteurs. Il n'est point de séjour qui soit plus tranquille et plus propice à l'étude. »

Quand Higgins découvrit à nouveau la montagne sainte des Aixois, il fut subjugué ; roc immense et solitaire émergeant d'une campagne verdoyante, à la fois solaire et secrète, où les pins jouaient avec le ciel d'un bleu inoubliable, la Sainte-Victoire lui rappelait la cime de la rive occidentale de Thèbes, en Haute Égypte.

Une sculpturale rangée de platanes aboutissait au château de Tholonet, ancienne résidence de grands seigneurs qui, à la saison chaude, venaient volontiers prendre le frais sous ses ombrages ; la vaste demeure préférait la séduction à la prétention, adoptant des allures de villa précédée par des corps de bâtiments trapus et rassurants : en amont du château des Gallifet coulait un ruisseau qu'enjambait un aqueduc romain. La paix et la beauté de l'endroit, s'ajoutant à la contemplation des pentes bleues de la Sainte-Victoire aux couleurs changeantes selon les heures du jour, imposèrent silence aux deux policiers et à leur chauffeur. Sans doute seraient-ils restés longtemps en contemplation si un gradé n'était venu rompre ces instants hors du temps.

— Superintendant Marlow et inspecteur Higgins ? Veuillez me suivre, je vous prie. L'archevêque vous attend.

Thomas Youlgreave était installé au premier étage, dans un confortable appartement de trois pièces où il subissait une garde à vue ; assis dans un fauteuil de cuir où il s'était enfoncé avec délectation, l'archevêque lisait la dernière livraison d'un journal satirique, *Punch*. Vêtu d'une redingote et d'un pantalon gris, le col blanc et les poignets de chemise immaculés, le religieux, à la calvitie avancée, était âgé de soixante-cinq ans ; nez pointu, bouche très large et grandes oreilles donnaient au visage une expression facétieuse. Thomas Youlgreave ressemblait davantage à un lutin qu'à un austère prélat ; à sa gauche, sur une table en demi-lune, une tasse de thé et une pipe fumante.

— Scotland Yard, enfin ! s'exclama-t-il d'une voix nerveuse, sans se lever ; j'espère que vous allez me tirer de là au plus vite. Je n'aime ni ce château ni ce pays, et j'ai hâte de retrouver mes ouailles.

— C'est un endroit peu propice à vos confrères, admit Higgins.

L'archevêque haussa les sourcils.

— Y auraient-ils subi des sévices corporels ?

— Une très vieille histoire... à noël 1566, l'archevêque de Saint-Chamond ôta sa mitre et jeta sa crosse en injuriant le pape qui avait osé le priver de son archevêché ; et ce bon catholique passa à la Réforme.

— Affreux, jugea Thomas Youlgreave ; Dieu nous préserve d'un tel malheur !

— Surtout vous, Monseigneur ; je ne suis qu'un inspecteur du Yard.

— Asseyez-vous, messieurs ; puis-je vous faire servir une tasse de thé ?

— Nous préférons nous conformer aux coutumes locales, indiqua Marlow ; un pastis fera l'affaire.

Higgins remercia mentalement son collègue ; il l'aidait à préserver un secret majeur : l'ex-inspecteur-chef était le seul Anglais qui détestait le goût du thé.

Par téléphone, l'archevêque commanda trois pastis.

— Dans l'adversité, il faut faire front et utiliser les armes de l'adversaire ; sans cette boisson anisée, impossible de survivre dans cette chaleur. Quand partons-nous ?

— Je l'ignore, répondit Higgins.

L'archevêque sursauta.

— Comment ? On continue à m'emprisonner !

— On vous protège.

— Me protéger... contre qui ?

— Contre l'assassin.

— Un assassin ? Mais de qui parlez-vous ?

— Soyons sérieux, recommanda Marlow ; vous semblez être à l'origine d'un drame qui a coûté la vie à deux personnes.

— Moi ? Vous divaguez !

— J'étais témoin, rappela le superintendant. Peu avant la fin de l'opéra, vous vous êtes levé, avez poussé d'étranges exclamations et semé une grande perturbation qui a favorisé une action criminelle. Pourquoi vous êtes-vous comporté de cette manière ?

L'archevêque s'enfonça dans son fauteuil et alluma sa pipe.

— Je ne me souviens pas très bien.

Higgins consulta son carnet noir.

— « Arrêtez ; on ne peut pas aller plus loin ; ce serait un péché mortel » ; voici vos propos, Monseigneur. Bien qu'ils fussent proférés sous le coup de l'émotion, ils étaient parfaitement compréhensibles.

— J'ai dit ça, moi ?

— Vous-même, en effet.

Un nuage de fumée épais et plutôt malodorant monta vers le plafond.

— En êtes-vous tout à fait certain ?

— Tout à fait, affirma Marlow.

L'archevêque étendit les jambes ; ses bottines, héritées de son père, étaient lacées avec soin.

— Inutile de nier, par conséquent... un homme d'Église, au demeurant, ne saurait mentir. Eh bien... c'était une réaction incontrôlée, une impulsion irréfléchie. Le mariage que j'avais à célébrer, le lendemain de la représentation, me rendait un peu nerveux ; dans ces circonstances exceptionnelles, il faut se montrer à la hauteur. J'ai peu l'habitude des mondanités.

L'archevêque sentit sur lui le regard de Higgins.

— Je suppose, Monseigneur, que vous êtes conscient de l'inanité de votre discours.

Thomas Youlgreave se tassa sur lui-même.

— Le pardon accordé par la comtesse... quel air sublime ! Je n'ai pas réussi à lui résister. Quand le comte a imploré sa clémence, je me suis mis à sa place. Me taire plus longtemps était impossible.

— Pour quelle raison ? interrogea le superintendant.

Le prélat tira une nouvelle bouffée.

— C'est un mystère de la foi, mon fils.

— Cette réponse ne peut nous satisfaire.

— Il faudra pourtant vous en contenter.

— Impossible. Il faut nous en dire beaucoup plus.

— N'y comptez pas.

— Est-ce votre dernier mot, Monseigneur ?

Thomas Youlgreave prit un temps de réflexion.

— Je m'accuse, messieurs, parce que je suis coupable.

CHAPITRE VI

Sur le chemin du commissariat, où ils étaient convoqués d'urgence, Marlow fit part à Higgins de ses intuitions, si extraordinaires fussent-elles : de son point de vue, Thomas Youlgreave ne ressemblait pas à un archevêque.

— Pourquoi cet étrange doute, superintendant ?

— C'est un homme bizarre qui se comporte de manière bizarre ; ce ton ironique, ce refus de coopérer, cette nervosité mêlée à du laisser-aller... non, ça ne va pas. Je vais demander au Yard une vérification d'identité.

Le commissariat était en émoi ; au visage bouleversé d'Octave Papassaudi, Higgins et Marlow comprirent aussitôt qu'un fait grave venait de se produire.

— L'examen de l'arme utilisée a été concluant, révéla le policier français ; un revolver des plus banals dont le canon a tiré deux balles. Les deux balles retrouvées dans le corps des victimes.

— Jusqu'à présent, constata le superintendant, rien d'étonnant.

Le commissaire défia l'étranger du regard.

— Ce qui vous surprendra davantage, mon cher collègue, c'est le résultat de l'expertise balistique.

— Donnerait-elle le nom du coupable ?

Octave Papassaudi parut affreusement gêné.

— Votre pays risque d'être mis en cause.

— L'Angleterre ?

— D'une manière plus précise, sa représentante la plus illustre.

Scott Marlow vivait un cauchemar.

— Vous voulez dire... la reine ?

— Exactement. L'analyse balistique est formelle : les coups de feu ont été tirés de l'endroit où elle se trouvait ; concluez vous-même.

La gorge sèche, le cœur battant la chamade, Marlow fut incapable d'émettre une protestation.

— Il existe une erreur d'appréciation, indiqua Higgins, serein ; vous semblez oublier que l'assassin a jeté l'arme aux pieds de Sa Majesté.

Le commissaire se plongea quelques instants dans le rapport.

— Ce détail a été omis, en effet... Etes-vous certain de ce que vous avancez ?

— Je suis témoin oculaire, affirma Marlow, ragaillardi.

Octave Papassaudi referma son dossier.

— En ce cas, l'innocence de la reine d'Angleterre paraît probable.

— Certaine ! rectifia le superintendant, outré.

— Certaine, concéda le commissaire, peu désireux de provoquer une nouvelle guerre de Cent Ans. Avez-vous réussi à faire parler l'archevêque ?

— Oui et non, répondit Higgins.

— Des origines normandes, inspecteur ?

— Une branche au vingt-cinquième degré, probablement ; mais cette filiation ne pèse en rien sur mon jugement. L'archevêque ne nous a rien confié, sauf une indication : il est coupable.

Ce fut au tour d'Octave Papassaudi de s'étrangler.

— Vous ne pouviez pas le dire plus tôt ! Je fonce au Tholonet, je lui passe les menottes, je le jette en cabane et je mets un point final à notre affaire !

Scott Marlow avait toujours été choqué par la brutalité de la procédure policière française et l'absence d'*habeas corpus* qui interdisait la sauvagerie dans l'approche d'un suspect, lequel devait être présumé innocent et non coupable.

— Ce n'est pas si simple, ajouta Higgins en lissant sa moustache poivre et sel aux poils impeccablement alignés.

— Pourquoi ? Il a avoué ou non ?

— Il a avoué sans avouer.

Le regard d'Octave Papassaudi vacilla ; il consommait pourtant pastis et rosé de Provence avec la modération qui seyait à sa fonction. D'aucuns prétendaient que le fait de vivre sur une île rendait les Anglais bizarres ; cette fois, il en avait la preuve.

— Si vous m'expliquiez, inspecteur.

— L'archevêque sait quelque chose... est-ce important ou secondaire ? Est-ce lié à ce double meurtre ?

— C'est évident ! Son comportement le démontre.

— J'ai appris à me méfier des évidences, déclara Higgins ; ce sont les plus trompeuses des sirènes. Thomas Youlgreave est un prélat parvenu à un poste de responsabilité, donc un homme rusé, rompu aux démarches zigzagantes de la diplomatie ecclésiastique. Son apparence de lutin ne doit pas nous égarer ; ou bien il est passé aux aveux pour se délivrer d'un poids trop lourd sans risquer grand-chose, ou bien il nous entraîne sciemment sur une fausse piste.

— Vous êtes bien soupçonneux, estima Octave Papassaudi ; des aveux, ce sont des aveux.

— Rarement à ce stade d'une enquête, mon cher collègue.

— Je l'arrête ou non ?

— À votre guise.

— À ma place...

— À votre place, je serais prudent. Premier impératif : l'absence de vagues. Une arrestation qui ne se traduirait pas par une condamnation ferme et définitive risquerait de vous nuire.

— Ce n'est pas faux, admit le commissaire ; il y a tellement de méchantes gens. Si vous saviez comme nous sommes embêtés, dans la police !

— L'ingratitude est notre lot.

— Ah ça ! Aidez les gens, arrêtez les bandits de tout poil et n'en attendez aucune reconnaissance... cet archevêque, on le tient quand même à l'œil ?

— Le château du Tholonet est une merveilleuse résidence dans un cadre idyllique ; qui ne rêverait d'y passer quelques jours ?

La malice perça dans l'œil d'Octave Papassaudi.

— Vous n'avez donc pas fini de le cuisiner...
— Un homme qui agit de manière aussi étrange mérite plusieurs entretiens.
— Vous êtes un rude gaillard, inspecteur Higgins, et ça me plaît ! J'aurais bien envie de vous engager dans mon équipe... on parle, on parle et ça donne soif. Vous prendrez bien une mominette ?
— Ce n'est pas de refus, répondit Scott Marlow qui s'habituait à certaines coutumes françaises.

CHAPITRE VII

Pendant que le superintendant entrait en contact avec Scotland Yard pour vérifier l'identité de l'archevêque et connaître ses antécédents, Higgins remonta la rue Espariat et s'engagea dans la rue Bédarrides où il espérait découvrir un élément capital de l'enquête.

Tout au long de l'année, les rues d'Aix-en-Provence étaient remplies de promeneurs ; contrairement à beaucoup de villes de province, la belle aristocrate vivait à un rythme constant. Dans ses artères battait un sang vif, sans cesse renouvelé par les nombreux étudiants se consacrant au droit et aux lettres ; et qu'il était agréable de flâner dans une cité du XVIIIe siècle, peuplée d'hôtels particuliers, de vieilles demeures qui embellissaient avec le temps, de portes de pierre et de bois cachant jardins et cours intérieures où la folie du monde moderne n'avait pas droit d'asile.

Higgins fut soulagé ; il était là, à l'angle de la rue Bédarrides et de la rue Vieille. Barbe blanche, costume de velours malgré la chaleur et grand chapeau noir cachant son visage. Le violoniste amateur, présent à chaque festival, jouait la première sonate pour violon seul de Bach ; quelques fausses notes, mais un beau style. Devant lui, un étal couvert de partitions qu'il vendait aux passionnés de musique désireux de se pencher de très près sur les pièces exécutées lors des concerts.

Il s'arrêta de jouer lorsqu'il reconnut Higgins.

— Inspecteur ! De retour à Aix...

— Un pèlerinage obligé, cette année.

— Stich-Randall dans la comtesse ?

— On ne peut rien vous cacher.

— Vous avez raison : elle est prodigieuse. Vous étiez donc là, l'autre soir ? Quel drame ! Deux morts et pas d'assassin...

— Que murmure-t-on, dans les rues de la ville ?

— Rien. Rien du tout. C'est ahurissant ; pour le moindre incident, d'ordinaire, chacun expose sa version des faits ; je supposais que la rumeur désignerait une bonne dizaine de coupables. Elle se tait, comme si un voile de silence recouvrait ces horribles événements. Mais vous... vous enquêtez ? Bien sûr, la reine ! Suis-je stupide ? On ne pouvait envoyer que vous.

— Un simple hasard. Je me trouvais dans la salle pour écouter Mozart.

— À d'autres, inspecteur ; avec vous, le hasard n'existe plus. Moi, je possède un alibi : je buvais du rosé avec une vingtaine de collègues aux Deux Garçons, en haut du cours Mirabeau, le soir du crime.

— Vous voilà donc innocenté ; disposeriez-vous d'une partition des *Noces de Figaro* ?

Le violoniste considéra Higgins d'un œil suspicieux.

— Vous la connaissez par cœur.

— Se fier à sa mémoire est toujours dangereux.

— Il y a quelque chose là-dessous... enfin.

Le barbu souleva les livres exposés sur son étal et amena au jour une partition de l'opéra.

— Magnifique.

Higgins paya.

— Mais... c'est beaucoup trop !

— On ne paye jamais assez quelqu'un qui transmet la beauté.

En regardant s'éloigner l'ex-inspecteur-chef, le violoniste regretta de ne pouvoir s'entretenir avec lui plus longtemps ; animé d'un nouvel entrain, il attaqua une fugue endiablée.

*
**

La voiture roulait à grande allure sur l'admirable route Cézanne ; les nombreux virages, dont certains en épingle à cheveux, rendaient l'exercice périlleux même si la présence de la Sainte-Victoire, au sortir des tournants, enchantait le regard. De chaque côté, pins, ifs et massifs boisés abritant des villas dormant au soleil, gardaient les mystères d'une antique Provence, indifférente aux touristes.

— Fin de l'acte II, douzième scène, dit Higgins : « Ils sont confus, désespérés, abasourdis ; c'est un diable de l'enfer qui a amené ici leurs adversaires. » Voici la phrase du livret sur laquelle mon regard est tombé quand j'ai ouvert la partition.

— Mozart n'avait quand même pas prévu ce crime !

— Avec un génie de cette ampleur, tout est possible ; n'oubliez pas que *Les Noces de Figaro* sont remplies de déguisements et de trompe-l'œil.

— Les deux meurtres ne pouvaient-ils être commis que pendant la représentation de cet opéra ?

— J'en ai l'intuition.

— Mes arguments sont beaucoup plus solides ; le coupable, nous le tenons.

Dès qu'elle fut arrêtée, Marlow jaillit hors de la voiture ; Higgins le suivit calmement jusqu'aux appartements de l'archevêque.

Ce dernier ne semblait pas avoir bougé ; enfoncé dans son fauteuil, il lisait son magazine en fumant la pipe.

— Qui êtes-vous ? demanda Marlow.

— Pardon ?

— Vous avez parfaitement compris ma question.

— S'il faut vous répondre, superintendant, je suis l'archevêque Thomas Youlgreave et je souhaiterais davantage de respect de votre part.

— Mensonge.

Le prélat, irrité, croisa ses bottines.

— J'exige des excuses.

— Qui que vous soyez, monsieur, cessez de jouer la comédie et dévoilez votre véritable identité.

— Êtes-vous devenu fou ? Je suis Thomas Youlgreave, archevêque de Laxton, et j'obtiendrai réparation ; vos soupçons sont scandaleux !

— Il ne s'agit pas de soupçons mais d'une certitude ; le Yard a enquêté sur vous.

— Grand bien lui fasse.

— Je veux dire : sur le véritable archevêque.

— Donc, sur moi.

— Justement pas, cher monsieur. Le véritable Thomas Youlgreave a une chevelure abondante, porte des lunettes, ne fume pas et se déplace avcc une canne.

— Que racontez-vous là ? Ça n'a aucun sens !

— Vous êtes démasqué, admettez-le.

Le faux prélat se leva, son magazine dans la main droite et sa pipe dans la gauche.

— Je n'admets rien du tout ! Je suis moi et personne d'autre !

— Votre position est indéfendable ; vous feriez mieux d'avouer.

— Avouer quoi ?

— Que vous êtes un anarchiste et un assassin. Je suppose que vous aviez l'intention de tuer la reine et que vous avez dû vous contenter de deux autres victimes.

Le faux Youlgreave semblait effaré.

— C'est effarant, effarant...

— L'ordinateur central du Yard est formel.

— Avez-vous consulté mes assistants, les prêtres de Laxton, mes ouailles ?

— Inutile.

— Comment, inutile ? Indispensable, au contraire ! Vous vous apercevrez ainsi de votre erreur.

— Ces médiocres protestations vous desservent ; contentez-vous d'avouer.

Le pseudo-archevêque vida sa pipe et la bourra à nouveau.

— Je suis prêt à subir le martyre.

— Ne comptez pas m'impressionner avec ce genre de déclaration, j'exige un récit complet de votre crime et l'exposé de vos mobiles.

— Il n'y a ni mobile, ni crime.

— Je suis patient : vous avouerez.

CHAPITRE VIII

Le colonel Arthur MacCrombie faisait partie du cercle d'amis indéfectibles de Higgins ; à toute heure du jour et de la nuit, ils étaient prêts à s'entraider. Dans les cas délicats, l'ex-inspecteur-chef ne manquait pas de faire appel à leurs compétences. MacCrombie était le plus grand spécialiste de la Seconde Guerre mondiale et connaissait presque tout des précédentes ; fichiers, photographies, dossiers et réseaux d'informateurs le rendaient incollable.

— Higgins, ce vieux gredin ! D'où m'appelles-tu ?

— De France.

— Une plage de débarquement ?

— Non, Aix-en-Provence.

— Ce n'est pas une ville très guerrière. Un meurtre sur les bras ?

— Deux. Et surtout un archevêque nommé Thomas Youlgreave.

— Un curé ambitieux... quel âge ?

— La soixantaine ; pourrais-tu me fournir une

description ou, mieux encore, une photo ? Retrouver son passé militaire devrait être un jeu d'enfant.

— Rappelle-moi dans une heure.

Le colonel fut ponctuel.

— Mauvais dossier, jugea-t-il ; ton curé a été réformé. Même pas aumônier militaire ! Un planqué... la race que je déteste.

— Donc, pas de fiche ?

— Pas la moindre : juste une photo.

— Parfait.

— Ne te réjouis pas trop vite : il est tout nu, âgé d'un an, assis sur un coussin et sourit bêtement. Depuis, il a dû changer.

— C'est indéniable.

— J'ai quand même une piste : sa mère, Agatha. Elle a servi comme infirmière.

*
**

À quatre-vingt-dix ans, la vieille dame était presque sourde ; grâce au numéro de téléphone communiqué par MacCrombie, Higgins avait pu la joindre sans difficulté. Muni de résultats indubitables, l'ex-inspecteur-chef invita Marlow à déjeuner dans un petit restaurant de la vieille ville ; ils s'installèrent sur la terrasse où leur fut servie une tapenade, le caviar provençal, à base d'olives noires dénoyautées et broyées, agrémentées de cognac, que les convives étalèrent sur des toasts.

— J'ai des informations ennuyeuses à vous communiquer, mon cher Marlow.

— Moi aussi ; l'arrestation de l'archevêque sème déjà le trouble à Laxton. Les paroissiens sont divisés en deux camps : les uns exigent sa libération immédiate, les autres veulent sa tête. Par bonheur, ce n'est pas lui ; mais où est passé le véritable archevêque ?

— Il n'a pas quitté le château du Tholonet.

— Vous moquez-vous de moi ?

— Je crains que le Yard n'ait commis une erreur.

— Impossible.

— J'ai eu la mère de Thomas Youlgreave au téléphone ; elle est très âgée et un peu sourde, mais la description de son fils correspond parfaitement à celle de l'homme gardé à vue.

— Elle a dû se tromper.

Higgins commanda de l'aïoli et du vin blanc de Cassis ; le superintendant apprécia le mets bien que de lourds soucis encombrassent son esprit. Il avala trop vite un melon et des figues mûres puis se précipita au téléphone.

Vérification effectuée, une petite erreur de numéro sur une fiche perforée était à l'origine d'une regrettable confusion ; les services d'investigation approfondie examineraient de plus près le cas Youlgreave. Pour obtenir un maximum de sécurité, ils exigeaient les empreintes de l'archevêque.

La démarche s'annonçait délicate ; l'archevêque refusa de recevoir les deux policiers mais Scott Marlow força sa porte.

— Vos accusations ne vous suffisent plus ? Il vous faut aussi vous comporter comme un barbare !

— À dire vrai… je ne sais plus très bien qui vous êtes.

Le prélat observa le superintendant avec sévérité.

— Vous devriez confesser vos péchés.

Sentant son collègue en difficulté, Higgins lui porta secours.

— Notre erreur s'explique par une confusion administrative, Monseigneur ; afin de dissiper tout malentendu, nous aimerions obtenir vos empreintes.

— C'est tout à fait injurieux !

— Banale formalité.

— Hors de question : j'exige des excuses et une mise en liberté immédiate.

Scott Marlow ne renonça pas.

— Ce refus ne signifie-t-il pas que vous êtes… quelqu'un d'autre ?

— Encore votre maudite obsession ! Eh bien, soit : j'accepte.

— Il faudrait ôter vos gants, remarqua Higgins.

— Ils m'évitent de me salir les doigts en lisant le journal.

— Les portiez-vous, le soir du crime ?

— Bien entendu ; il s'agissait d'une soirée en habit et je me suis conformé à l'étiquette.

— La mémoire vous serait-elle revenue, Monseigneur ?

— À quel propos, inspecteur ?

— Votre culpabilité.

Thomas Youlgreave plia nerveusement son exemplaire de *Punch*.

— Eh bien... je suis coupable d'une absence de maîtrise de soi. Un homme d'Église ne devrait jamais céder à ses émotions et garder un visage égal en toutes circonstances ; j'ai commis une faute grave, je l'avoue, car mon comportement fut indigne de mon rang. Dès mon retour à Laxton, je demanderai l'absolution.

Higgins, d'une écriture fine et rapide, prit quelques notes sur son carnet noir.

— Laxton... c'est un petit archevêché, n'est-ce pas ?

— Petit mais très croyant.

— Il me semble en avoir entendu parler dans le *Times* à plusieurs reprises ; n'auriez-vous pas agrandi l'église ?

L'archevêque se détendit ; l'expression de son visage devint enjouée.

— Vous êtes attentif aux choses de la foi, inspecteur ; grâce au concours des paroissiens les plus zélés, j'ai pu embellir notre lieu de culte, développer l'enseignement religieux, offrir des logements aux pauvres. Les protestants et les athées n'ont guère apprécié ces démarches et m'ont beaucoup critiqué ; mais seul le bonheur de la population m'importe.

— Le ciel vous en saura gré.

***

En déambulant sur le cours Sextius, après avoir envoyé la demande d'identification d'empreintes au Yard, Higgins et Marlow s'interrogèrent sur la personnalité étrange de cet homme d'Église où sang-froid et émotivité cohabitaient de manière fort curieuse. Marlow apprécia l'ombre fraîche que procurait la voûte formée par les branches des grands platanes ; Higgins résistait à la chaleur avec un stoïcisme qui l'étonnait lui-même. Sans doute la magie d'Aix-en-Provence et celle de Mozart s'alliaient-elles pour lui permettre de supporter l'épreuve.

— Il n'est pas net, jugea Marlow.

— Simple intuition.

— Je le reconnais mais, cette fois, j'y attribue une réelle importance. Comment nier son rôle dans le crime ?

— Il porte un déguisement, c'est certain.

— Croyez-vous que les empreintes...

— Les méthodes les plus simples ont parfois du bon.

Le chauffeur des deux policiers les attendait devant le commissariat.

— J'ai installé un ventilateur dans la voiture, annonça-t-il avec fierté ; vous autres, les Nordiques, supportez mal notre climat.

Marlow s'épongea le front ; pas une goutte de sueur ne perlait au front de Higgins, impeccable dans son blazer léger et son pantalon blanc immaculé.

— Où allons-nous ?

— Rendre visite au prince Albert-René de Montjoie.

Le chauffeur avala sa salive.

— Le prince ! Mais il est...

— Mort, je sais ; mais son souvenir est encore bien vivant.

CHAPITRE IX

— On va où, précisément ? demanda le chauffeur.

— À la résidence principale du prince.

— C'est ça le problème... il possédait pas mal de maisons dans la région : une à La Roque-d'Anthéron ; une seconde près de l'abbaye de Silvacane et de la Durance ; une troisième à Cassis, près des calanques ; une quatrième à Saint-Marc-Jaumegarde, non loin de l'endroit où l'on a retrouvé des œufs de dinosaures ; une cinquième à Gordes dans le Lubéron ; et il comptait acheter le château de Vauvenargues où a vécu ce fada de Picasso. Je ne parle pas de ses petites villas disséminées dans la campagne, de ses deux hôtels particuliers d'Aix et de ses nombreux appartements.

— Sa résidence favorite ?

— Aucune. Il aimait changer.

— Un homme de confiance ?

— Ça, c'est plus délicat. Il y avait bien Frédéric...

— Une brouille ?

— Vous avez un nez terrible, inspecteur ! Une sacrée brouille, peuchère ! et un petit mois avant le mariage. Frédéric avait toujours tout fait pour le prince ; et puis, tout à coup, pffft ! Le Frédéric, il s'est retiré dans le vignoble de la Crémade, au Tholonet.

« Nous revenons à l'archevêque, pensa Marlow, tous les chemins mènent à lui. »

Le Château-Palette était un vin rare, d'une qualité exceptionnelle, réservé à de rares connaisseurs et aux Provençaux qui appréciaient ce cru à la fois fin et charpenté, à la robe d'un rouge profond et au bouquet long en bouche.

Frédéric reçut les visiteurs avec faconde, leur fit déguster le rouge, le rosé et le blanc et enregistra une importante commande de Higgins qui s'imaginait déjà, un verre à la main devant son feu de bois, Trafalgar, le siamois, pelotonné à ses pieds pendant que la pluie glaciale se perdait dans la forêt voisine.

Les trois hommes se promenèrent le long du vignoble d'étendue restreinte mais admirablement situé ; au loin, la Sainte-Victoire veillait sur la maturation des grappes que l'énergie de la terre et le génie de l'homme transformeraient bientôt en nectar.

Frédéric, Higgins et Marlow s'assirent à l'ombre d'une pergola, face à une colline où brillait le vert profond des pins d'Alep et des chênes-lièges ; lumineuse, sereine, la Provence se nourrissait de soleil.

— De passage dans la région, messieurs ?

— Non, répondit Higgins. Nous appartenons à Scotland Yard et nous enquêtons, conjointement avec la police française, sur l'assassinat du prince et de sa compagne.

— Ah... en ce cas, je n'ai rien à déclarer.

Frédéric était un petit homme maigre, énergique, dont le large pantalon de toile rugueuse était soutenu par deux larges bretelles de couleur orange ; le front étroit, les sourcils épais, il ne semblait pas facile à manœuvrer.

— Vous n'étiez certes pas présent à l'archevêché le soir du meurtre, mais vous avez bien connu Albert-René de Montjoie.

— Pour l'avoir bien connu, peuchère, je l'ai bien connu ! Même un peu trop longtemps. Vous savez sans doute déjà que j'ai quitté récemment son service.

— En effet.

— Et vous voudriez bien savoir pourquoi.

— Outre la dégustation de ce vin magnifique, c'est la raison de notre démarche.

Le Château-Palette rosé était une pure merveille de fraîcheur et de légèreté ; Marlow, peu habitué à ce type de vin qui se buvait comme de l'eau, vidait allègrement son verre.

— Étiez-vous opposé à ce mariage ? demanda-t-il.

— La lady, je ne la connaissais pas. Le prince s'en était tellement entiché qu'il en parlait sans arrêt au point de vous saouler ; réconciliation entre la France et l'Angleterre, entre de Gaulle et Churchill, l'aïoli et le pudding... ce mariage devenait une mission diplomatique.

— Où avait-il connu sa future épouse ?

— En Angleterre, pendant la guerre. Elle était infirmière et l'avait soigné ; le prince a été l'un des premiers Français à répondre à l'appel du 18 juin. Et puis l'amour fou... quelle blague !

— Vous ne semblez pas croire à une grande passion, observa Higgins.

Frédéric éclata de rire.

— Vous ne manquez pas d'humour, pour un policier. Grande passion... le prince n'en avait qu'une : l'argent.

— Vous songez donc à un mariage de raison.

— D'intérêt, inspecteur. Dans la situation où se trouvait le prince, il lui fallait une riche héritière.

Marlow n'avait pas les idées très nettes mais il se sentait encore capable d'intervenir.

— Redoutait-il une faillite ?

— Le prince possède plusieurs hectares de vignoble dans la région ; il détient le monopole du commerce du vin avec l'Angleterre. Pour maintenir sa position dominante, il doit en permanence éliminer les concurrents et arroser les intermédiaires. Tout ça coûte très cher et les langues ont commencé à se délier ; acquérir un silence bienveillant ne fut pas gratuit. En s'adjoignant la fortune de l'Anglaise, Albert-René était certain de conserver la sienne. Malheureusement, il est allé un peu trop loin...

— De quelle manière ?

— Remembrement.

— Avec qui ? questionna Marlow, mal informé des problèmes de la paysannerie française.

— Remembrement de deux parcelles de vignes

qui auraient dû rester séparées ; le prince a lésé, une fois de plus, un petit propriétaire. Mais cette affaire-là a mal tourné ; le bougre s'est suicidé. Pour tout le monde, c'est le prince qui l'a tué ; il n'a pas émis le moindre regret et ne s'est même pas rendu à l'enterrement. Très mauvais pour lui... et s'il n'y avait que ça !

Le Palette rosé continua à couler ; sa superbe couleur ravissait le regard. Scott Marlow se sentait de plus en plus léger ; les collines alentour bougeaient un peu, ce qui conférait un charme supplémentaire au paysage.

— Le prince est un moderniste, poursuivit Frédéric. Il respectait la tradition et n'utilisait pas ces maudits produits chimiques qui pourrissent tout. Il a même remplacé les tonneaux par des cuves métalliques ; l'an dernier, ce fut le drame. Une fausse manœuvre, la cuve qui éclate et deux blessés très graves. Travailler pour le prince, ça devient dangereux ! Et il y a autre chose... deux accidents dans une vigne, un chauffeur qui percute un arbre, un ouvrier agricole qui passe sous un tracteur ; on jurerait que le prince porte la poisse.

— En fut-il toujours ainsi ? interrogea Higgins.

— Non, au contraire ; Albert-René était très populaire dans la région. Beaucoup de bonnes familles l'accueillaient avec joie ; excellent convive, coureur de jupons, blagueur effréné, il ne suscitait que des louanges. Et puis il y a eu cette stupide idée de mariage avec une Anglaise qui ne doit boire que du whisky...

— Hypothèse gratuite, objecta Marlow. Un sujet de Sa Majesté peut apprécier votre vin.

Frédéric marmonna quelques mots en provençal.

— En tout cas, poursuivit-il, le climat s'est dégradé et la vigne a souffert de maladies bizarres dès que le prince a annoncé son mariage. Il y a suffisamment de belles filles dans le coin... pourquoi aller chercher une Anglaise ?

— Peut-être lui a-t-elle sauvé la vie pendant la guerre, avança Higgins.

— On le dit... ça ne justifie quand même pas sa décision.

— Votre avis sur les meurtres ?

— Vraiment aucun.

— Pas de rumeurs ?

— Pas la moindre. Pourtant, le prince ne manquait pas d'ennemis ; certains auraient dû se vanter de leur exploit. Ce silence m'étonne.

Scott Marlow gardait les yeux ouverts avec difficulté ; le rosé l'incitait à la sieste. L'hypothèse d'un crime crapuleux se faisait jour mais son cerveau était trop embrumé pour l'étayer.

Higgins contemplait les vignes du domaine de la Crémade ; des libellules au-dessus des ceps qu'un vent doux faisait frissonner ; au loin, un pivert dépouillait de ses parasites le tronc d'un chêne-liège. Un gros nuage blanc traversa le ciel bleu et disparut derrière la Sainte-Victoire.

— L'argent, affirma Frédéric, l'argent... cherchez dans cette direction-là, inspecteur, et vous trouverez la vérité.

CHAPITRE X

Derrière l'église Saint-Jean de Malte courait la rue d'Italie ; la plus ancienne artère d'Aix-en-Provence était remplie de flâneurs qui faisaient du lèche-vitrines. La plupart ne se doutaient pas qu'ils foulaient les pavés de la voie aurélienne, tracée en 13 av. J.-C. sur une ancienne voie gauloise, elle-même héritière fidèle d'une route préhistorique. Ainsi l'Aixois qui achetait pain ou viande dans la rue d'Italie suivait-il le chemin des plus anciens chasseurs qui, à l'aube de l'humanité, partaient en quête de nourriture.

Higgins avait d'autres ambitions : obtenir une parcelle de vérité auprès de Jenny Naseby, intendante et régisseuse de la défunte Lady Godiva.

Marlow, retrouvant avec peine son équilibre, heurta des passants en s'excusant ; la lumière de Provence dissipait peu à peu sa migraine et lui rendait ses capacités de déduction. Le superintendant se souviendrait longtemps du fruité du rosé de Palette, digne de concurrencer le meilleur whisky écossais.

La police française avait logé Jenny Naseby dans une maison étroite, proche du chevet de l'église Saint-Jean de Malte qui perçait dans la rue d'Italie comme l'avant d'un vaisseau égaré dans un labyrinthe ; populaire, animée, la rue d'Italie était moins aristocratique que l'ensemble de la vieille ville. Son ancienneté tenait lieu de quartier de noblesse.

Façade vert pâle, trois étages avec des fenêtres étroites, une porte de bois à heurtoir : l'immeuble était modeste. Higgins frappa ; un policier en uniforme ouvrit.

— Scotland Yard ; nous venons interroger le témoin.

— Premier étage.

Jenny Naseby était une femme belle et élégante à la cinquantaine épanouie ; d'une élégance un peu austère, elle adoptait sans peine des allures de grande dame que n'altérait en rien une superbe chevelure parsemée de cheveux grisonnants ; jamais personne n'avait vu Mlle Naseby négligée ou décoiffée. D'une humeur éternellement semblable, réservée, prudente, maquillée et parfumée sans aucun excès, elle était le pur produit de l'éducation britannique la plus traditionnelle.

Cette rencontre rasséréna le superintendant : Jenny Naseby eût été digne de la meilleure société victorienne. Des femmes de cette trempe et de cette classe avaient été les mères nourricières de l'Empire.

— Heureuse de voir des compatriotes, déclara-t-elle après que les présentations eurent été faites.

Mon installation est plutôt médiocre mais « contre mauvaise fortune bon cœur », comme on dit ici. Pour la première fois dans mon existence, je suis servie comme une princesse. Être soupçonnée a parfois du bon ; mais de quoi m'accuse-t-on, au juste ? Le commissaire français a été très brouillon ; son esprit est confus et son élocution embrouillée.

— Aucun chef d'accusation précis n'a été retenu contre vous, précisa Scott Marlow. Comme il est certain que l'assassin se trouvait sur l'estrade royale, nous sommes contraints de vous retenir en tant que témoin tant que le mystère n'aura pas été élucidé.

La régisseuse opina du chef.

— Cette décision me paraît logique ; que puis-je vous offrir, messieurs ?

— Un verre d'eau fraîche, répondit Higgins.

Être en présence de deux gentlemen de Scotland Yard rassurait Jenny Naseby qui virevoltait avec aisance dans son appartement aixois rempli de souvenirs provençaux ; le mobilier en chêne clair et les tableaux champêtres du XVIIIe siècle rendaient chaleureux ce cadre désuet auquel l'Anglaise demeurait insensible. Après avoir servi ses hôtes, elle s'assit dans une bergère.

— Qui vous a invitée ? demanda Higgins.

— Lady Godiva, bien sûr… quoique ce « bien sûr » soit peut-être superfétatoire.

— Une brouille ? supposa Marlow.

— Non, pas au sens strict du terme… mais une attitude étrange. La mère de Lady Godiva était une amie d'enfance de la reine ; cette dernière lui avait promis de faire un cadeau somptueux à sa fille unique quand elle se marierait. Au décès de sa mère, Lady Godiva, devenue très riche, ne semblait guère décidée à sortir du célibat ; pendant la guerre, elle a tenu à s'engager comme infirmière et à lutter sur le front, aux côtés de nos soldats contre les nazis. Quand elle est revenue au château, après avoir vu tant d'horreurs, ce n'était plus la même femme. Naguère enjouée et rieuse, elle était devenue triste et solitaire ; elle qui aimait fêtes et dîners ne recevait plus personne.

— Avez-vous tenté de la distraire ? demanda Marlow.

La régisseuse se haussa du col.

— Cela ne faisait pas partie de mes attributions ; une domestique, fût-elle placée à la tête de la maisonnée, doit savoir tenir son rang. L'humeur de Lady Godiva s'est rapidement dégradée ; un mois après son retour, elle a licencié tout le personnel.

— A-t-elle donné ses raisons ?

— Soucis financiers.

— Vraisemblable ?

— À mon avis, non ; mais peut-être dissimulait-elle certains faits. La guerre a ruiné bien des gens riches ; comme Lady Godiva n'avait pas coutume de mentir, pourquoi ne pas la croire ? Un domaine trop vaste, des terres à entretenir, trop d'employés à payer... plutôt que de perdre la face, la châtelaine a préféré la solitude absolue. Elle m'a cependant chargée d'expédier les affaires courantes avant de partir pour un tour du monde, sans doute afin d'oublier les morts et les blessés côtoyés pendant cet abominable conflit. Je me suis acquittée de ma tâche et n'ai plus communiqué que par courrier avec Lady Godiva. Qu'elle m'ait invitée à son mariage fut un honneur ; il est vrai qu'agir autrement eût été inconvenant. Je suis en quelque sorte la mémoire de la famille Corby.

Higgins prit des notes sur son carnet noir, d'une écriture fine et rapide ; son crayon noir, à la pointe finement taillée, courait sur le papier.

— Avez-vous discuté avec elle ? demanda le superintendant.

— Une domestique ne discute pas avec ses maîtres s'ils ne lui posent pas de qucstions ; ce ne fut pas le cas et nous n'avons donc pas échangé le moindre propos.

— Vous étiez donc en froid avec Lady Godiva, remarqua Higgins.

— Nous tenions convenablement nos distances.

— Son invitation, je vous l'avoue, me paraît des plus surprenantes.

La régisseuse se tamponna les joues avec un mouchoir parfumé à la lavande.

— La chaleur, expliqua-t-elle.

— L'émotion, indiqua Higgins ; ne nous cacheriez-vous pas un détail important ?

— Soit... il n'a rien de honteux. Lorsqu'elle rendait visite à la mère de Lady Godiva, Sa Majesté ne passait pas devant moi sans me saluer ; en deux ou trois occasions, nous avons même ébauché une conversation. Elle connaissait mon rôle et mon importance ; si Lady Godiva ne m'avait pas invitée à son mariage qu'Élisabeth II, conformément à sa promesse, honorait de sa présence, elle eût insulté la souveraine.

— Approuviez-vous le mariage avec le prince ? s'enquit Marlow.

Jenny Naseby foudroya le superintendant du regard.

— Comment pourrais-je avoir le moindre avis sur ce genre de sujet ?

— L'avez-vous rencontré ?

— Non, inspecteur.

— Pardonnez-moi de vous rappeler de terribles moments... comment avez-vous vécu le drame ?

— Je n'aime ni l'opéra ni la chaleur ; à dire vrai, je m'étais assoupie. Des cris m'ont réveillée ; en ouvrant les yeux, j'ai vu l'évêque gesticuler. Puis ce fut un véritable tumulte... on m'a poussée dans le dos et je me suis trouvée près du corps de Lady Godiva, étendue sur le dos, le visage ensanglanté. J'ai perdu le contrôle de mes nerfs et j'ai hurlé, hurlé ! Quelqu'un m'a tirée en arrière et a tenté de me calmer. J'étais fort marrie de me comporter de la sorte, je le confesse.

— Les coups de feu ?

— Je ne les ai pas entendus ; il y avait tant de bruit !

— Qui a tiré, selon vous ?

— Je l'ignore.

— Aucune hypothèse à formuler ?

— Aucune.

— Une dame de votre qualité a pourtant le sens de l'observation.

— D’une part, je n’ai rien vu ; d’autre part, j’ignorais tout de l’existence des mariés. C’est pourquoi je ne peux vous être d’aucune aide pour élucider le crime.

CHAPITRE XI

Qui prenait le temps de se perdre dans la vieille ville était vite récompensé de son errance ; pas une rue sans façades à la fois austères et charmantes, sans lourdes portes closes gardant l'intimité d'un jardin intérieur ou d'une cour vouée au silence et à la paix, sans fontaine coulant pour l'éternité au pied d'une statue cachée dans un massif de lauriers-roses. La lumière de l'été se mariait à la pierre ocre qui avait conclu un pacte avec le temps pour se parer, au fil des jours, d'une robe de souvenirs bienveillants.

L'hôtel de Castillon, rue Roux-Alphéran, affichait sa sobre beauté un peu hautaine ; en levant les yeux, Higgins aperçut une créature énigmatique : corps de femme ailée aux seins avantageux, pattes de lion, visage admirable tourné vers le ciel. Le sculpteur avait-il cheminé sur le plateau de Guizeh et découvert le sphinx dont il offrait ici l'une des représentations les plus troublantes ? Le sourire de la créature de pierre indiquait assez que le voile recouvrant l'énigme ne serait pas facile à soulever.

Une fois franchi le barrage policier, Higgins et Marlow furent reçus par Adonis Lempereur, metteur en scène des *Noces de Figaro.* Âgé de quarante-cinq ans, entièrement vêtu de rouge, les cheveux blancs, il dissimulait son regard derrière des lunettes noires ; ses gestes et sa manière de se mouvoir avaient quelque chose d'efféminé et de langoureux.

— Vous êtes Scotland Yard ?

— Exact, monsieur Lempereur.

— Que puis-je pour vous ?

— Accepteriez-vous de répondre à nos questions ?

— Vous êtes là à cause de la reine, j'en suis sûr ! Ne me dites pas le contraire... je suis terriblement énervé et je ne supporte pas d'être contrarié. L'enquête, l'enquête... quand sera-t-elle terminée ?

— Dès que l'assassin sera identifié, répondit Marlow qui tolérait mal ce genre de personnage.

— Ah oui, l'assassin... Il en faut un, bien entendu. Vous l'avez ou non ?

— Non, avoua Higgins, mais nous comptons sur vous pour l'arrêter.

Adonis Lempereur dévisagea tour à tour ses interlocuteurs et se tapa sur les cuisses.

— Sur moi ! Quelle blague... voilà une bonne réplique de comédie !

— Vous êtes bien témoin, rappela Marlow, irrité.

— Oui et non.

— Expliquez-vous.

— Le prince Albert-René de Montjoie, qui m'honorait de son amitié, m'avait effectivement invité à être présent sur l'estrade royale ; cela me gênait un peu.

— Pourquoi ?

— Je suis révolutionnaire dans l'âme. 1789 est la plus grande date de l'histoire de l'humanité ; mon vœu le plus cher est de mettre fin à toutes les monarchies qui osent encore rappeler l'Ancien Régime. Si Albert-René n'avait pas insisté, si ce mariage n'avait pas revêtu une importance exceptionnelle à ses yeux, j'aurais manifesté mon hostilité à la présence d'une reine sur le territoire français.

Scott Marlow garda son calme avec peine ; il se sentait personnellement injurié et, à travers lui, la civilisation britannique tout entière. Percevant la colère froide de son collègue, Higgins s'engagea sur un autre terrain.

— Vous avez pourtant consenti à mettre en scène la représentation des *Noces de Figaro* donnée en l'honneur de Sa Majesté Élisabeth II et du mariage de votre ami.

Adonis Lempereur leva les bras au ciel, fit quelques pas dans le grand salon baroque où il recevait ses hôtes, et s'adossa à une cheminée en marbre surmontée d'une immense glace.

— Ma mise en scène, qu'est-elle devenue ? J'ai donné cent idées nouvelles au chef d'orchestre et il les a toutes refusées au nom de la tradition mozartienne ; quel conformiste ! Il faut renouveler le langage de cette époque révolue, l'insérer dans les préoccupations de notre siècle, l'arracher à la symbolique pour le faire pénétrer dans le réalisme social. Suis-je assez clair ?

— Hélas oui, déplora Higgins.

— Un exemple : Mozart a inventé trop de personnages. L'un d'eux m'est particulièrement insupportable : Antonio, le jardinier ; il est vulgaire et inutile. J'avais décidé de le supprimer et de le remplacer par un immense trombone muet autour duquel le comte et la comtesse se seraient poursuivis ; merveilleux, non ?

— Vous commettez une erreur.

— Pardon ?

— D'après la onzième scène de l'acte II, rappela Higgins, Antonio, le jardinier, voit tout et connaît la vérité ; c'est pourquoi il peut demander justice.

Le metteur en scène regarda l'homme du Yard d'un œil soupçonneux.

— Êtes-vous artiste ou inspecteur de police ?

— Simplement attentif au message mozartien dont la précision n'autorise pas l'improvisation.

— Opinion rétrograde qui empêche tout progrès ; par bonheur, le public m'admire !

Adonis Lempereur remit en place une mèche blanche qui lui barrait le front.

— Revenons au crime, exigea Marlow ; qu'avez-vous vu ?

— Je l'ai déjà déclaré : rien. Je regardais le déroulement de la pièce ; décors trop classiques, je vous le concède, et direction d'orchestre trop académique... une misère, par rapport à l'esthétique révolutionnaire que j'aurais pu déployer.

— Avez-vous entendu les coups de feu ?

— Il me semble… mais il y eut tellement de bruit après les gesticulations de ce ridicule archevêque ! Impossible d'être vraiment précis. Sur l'estrade, tout le monde s'est déplacé, moi compris ; et puis, tout à coup, j'ai saisi : deux corps étendus, du sang. J'étais pétrifié, incapable de remuer le petit doigt. On m'a bousculé, fait descendre de l'estrade, conduit au commissariat puis amené ici ; je ne sais rien d'autre. Pour le moment, je travaille à ma prochaine mise en scène des *Maîtres chanteurs* de Wagner ; elle sera ultra-moderne, fondée sur les derniers acquis de la psychanalyse. Vous en entendrez parler, croyez-moi ! Quand j'aurai terminé mon premier jet, je sortirai d'ici. Cette petite réclusion aura favorisé mon inspiration.

— Connaissiez-vous Lady Godiva ?

La question sembla importuner Adonis Lempereur.

— Je fréquente des gens plus proches du peuple et de la vraie culture.

— Vous désapprouviez donc cette union.

— Évidemment.

— Avez-vous formulé votre opinion au prince ?

— Sans détours.

— Comment a-t-il réagi ?

— Il a tenté de me démontrer que je me trompais et m'a vanté les charmes de sa fiancée.

— Sans succès ?

— Sans succès.

— Des raisons précises ?

— Le prince était un homme délicieux, fantasque, ami des arts et de la culture, profondément enraciné dans le terroir provençal ; s'enticher d'une Anglaise, aristocrate de surcroît, c'était injurier la tradition révolutionnaire française.

— Pourtant, observa Higgins, Albert-René de Montjoie semblait tenir à son titre de prince.

— Une coquetterie d'esthète que je lui pardonnais volontiers.

— Connaissiez-vous ses activités commerciales ?

— Pouah ! s'exclama le metteur en scène d'une voix haut perchée ; oubliez-vous que je suis un artiste, inspecteur ? Ce genre de trivialités ne me concerne pas.

— À bientôt, monsieur Lempereur.

CHAPITRE XII

Scott Marlow ne décolérait pas ; le metteur en scène lui apparaissait comme un excellent coupable. Foncièrement anti-Anglais, il avait assassiné Lady Godiva pour l'empêcher d'épouser son ami et châtier ce dernier, coupable de trahison et de mésalliance. Higgins estima que le meilleur moyen de calmer son collègue consistait à remonter le cours Mirabeau, les Champs-Élysées aixois ; à toute heure du jour et fort avant dans la nuit, de nombreux promeneurs parcouraient l'espace aristocratique s'étendant entre la Rotonde et l'hôtel du Poët.

Au bas du cours sur lequel s'élançaient jadis carrosses et voitures à chevaux, une superbe fontaine aux eaux scintillantes ornait le centre d'une vaste place ronde ; à son sommet, trois Grâces bien en chair, dominant des dauphins qui, selon la légende, guidaient les sages vers l'autre monde. Des couples de lions gardaient le monument auquel aboutissaient les routes venant d'Avignon et de Marseille.

De la Rotonde partait l'ancien cours Saint-Louis, rebaptisé Mirabeau, du nom du célèbre révolutionnaire ; au temps où Mozart composait ses chefs-d'œuvre, l'aristocratie aixoise déployait ses fastes dans les hôtels particuliers du cours et prenait le frais sous les ombrages de ses majestueux platanes. À son retour d'Égypte, Bonaparte s'était arrêté à l'hôtel des Princes ; le futur empereur n'avait guère eu de temps pour admirer les somptueuses demeures construites dans un style italianisant, auguste et sévère.

Sur la gauche, en montant vers la statue du bon roi René d'Anjou, ami des arts et responsable de l'introduction du muscat en Provence, commerces et cafés attiraient la foule ; au 53 *bis*, le célèbre estaminet portant le nom Les Deux Garçons avait été fondé en 1792 et accueillait, à sa terrasse, les célébrités en villégiature à Aix. Sur la droite, le côté noble par excellence, les palais tenaient un peu à l'écart les simples curieux et ne souriaient qu'aux admirateurs.

Au centre du cours coulaient plusieurs fontaines dont l'une, moussue, était une source thermale donnant une eau chaude qui avait guéri les maux des Gaulois et des Romains ; les peintres la prenaient volontiers pour modèle d'une cité où l'harmonie du corps s'alliait au repos de l'âme.

Higgins s'arrêta devant la noble entrée de l'hôtel d'Espagnet dont le balcon en fer forgé était soutenu par deux atlantes barbus et torse nu ; incarnations des dieux marins ornant les carènes de navires, ils portaient le balcon d'une main et plaçaient l'autre entre leur tête et la pierre. À jamais figés dans cet effort, les deux colosses assuraient la stabilité de l'hôtel particulier où la police française avait logé la célèbre pianiste anglaise Rose Wolferton.

Elle reçut ses hôtes dans un boudoir aux murs couverts de peintures galantes dont le style rappelait celui de Watteau ; proche de la trentaine, la musicienne était d'une beauté troublante. Vêtue d'un chemisier en mousseline de soie et d'une jupe vert anis, elle avait un visage à la fois enfantin et cruel ; le regard incisif démentait les joues un peu rebondies, la ligne douce du nez et le romantisme des cheveux châtains venant mourir en volutes sur les épaules. Pour tout bijou, Rose Wolferton ne portait qu'un bracelet de diamants au poignet gauche. Ses ongles n'étaient pas peints ; sur ses lèvres, un rose pâle.

— Prenez un siège, messieurs.

Dès qu'elle fut assise, l'artiste britannique ne cessa de pianoter sur l'accoudoir du fauteuil. Elle était nerveuse et sursauta lorsque le pied de Marlow heurta celui d'un fauteuil.

— Pardonnez-moi... Je ne supporte pas le bruit.

— Je vous comprends, dit Higgins avec un bon sourire ; le bruit est le plus grand fléau du monde moderne et, comme aucun gouvernement ne s'en préoccupe, il se répand comme une peste.

Elle se détendit.

— Vous aimez le silence ?

— De lui seul peut naître la musique ; lui seul peut lui servir de demeure. Dans vos interprétations de Mozart et de Haydn, vous respectez les silences avec grand scrupule ; c'est fort rare, de nos jours, où les interprètes ne songent qu'à rivaliser de virtuosité.

— La technique ne m'a jamais suffi, inspecteur ; rendre l'âme d'un morceau, c'est d'abord lui donner la sienne. Fréquenter des grands musiciens, vivre avec eux réclame une sensibilité exacerbée ; un chef-d'œuvre me fait perdre la raison et je ne le regrette pas.

— Qui vous avait invitée sur l'estrade royale ?

— Le prince et Lady Godiva m'appréciaient également ; de plus, j'avais mis au point la partition des récitatifs pour clavier obligé dans *Les Noces de Figaro*. Ces raisons vous suffisent-elles ?

— Bien sûr, bien sûr, répondit le superintendant, gêné.

— Connaissiez-vous bien Lady Godiva ? interrogea Higgins.

— Une simple relation mondaine mais elle m'inspirait de la sympathie.

— Et le prince ?

— Un grand amateur d'art et un passionné de musique ; avec lui, on pouvait parler d'arpèges, de doubles croches, de tempi et de phrasé.

— Son mariage vous a-t-il surprise ?

— Je ne me suis même pas posé la question ; les êtres humains ne m'intéressent pas beaucoup, inspecteur. Avec eux, on est toujours déçu ; avec les notes, au contraire, on jouit d'un trésor inépuisable. Dialoguer avec elles, c'est entendre une voix éternelle ; joie et tristesse s'effondrent au pied d'une fugue de Bach ou d'un *Moment musical* de Schubert. Est-il nécessaire d'en dire davantage ?

— Je le crains, mademoiselle ; il nous faut évoquer le drame dont vous fûtes témoin.

— J'aimerais vous aider, mais tout s'est passé si vite…

— Relatez-nous les événements.

— Nous écoutions *Les Noces*… une superbe représentation, marquée du sceau d'un classicisme très pur, traversé d'accès de fièvre. Soudain, des hurlements ! Cet homme d'Église qui pousse des cris, gesticule, déclenche un effroyable tintamarre… et deux coups de feu. Je les ai bien entendus… c'était horrible, effrayant… je me suis évanouie.

— Vous êtes très émotive, observa Scott Marlow.

— On peut le déplorer, mais c'est ainsi.

— Vous évanouissez-vous souvent ?

— J'entends rarement la voix d'une arme à feu.

Rose Wolferton pianotait de plus en plus nerveusement sur l'accoudoir ; le superintendant, mal à l'aise, ne savait comment aborder cette femme étrange.

— N'avez-vous observé aucun comportement bizarre ? demanda Higgins.

— Aucun. Quand Mozart parle, à qui d'autre prêter attention ?

CHAPITRE XIII

— Nous n'avançons pas, protesta Scott Marlow en progressant dans la rue de Chastel.

— Ce n'est pas certain, estima Higgins en s'arrêtant devant l'hôtel de Simiane.

— Personne ne veut nous répondre, personne n'a rien vu, chacun s'enferme dans son monde ! Dans ces conditions, autant rentrer en Angleterre.

— Ne désespérez pas ; certaines omissions peuvent être éloquentes et nous n'avons pas encore rencontré tous les témoins.

— Admettons, bougonna le superintendant.

La porte de l'hôtel de Simiane, datant du début du XVIIe siècle, était l'une des plus étonnantes d'Aix-en-Provence ; lourde, puissante, encadrée de pierres taillées en forme de pointes de diamant, elle présentait des triples pilastres à bossage et formait un seuil rébarbatif, presque hostile.

La porte s'ouvrit pourtant ; le policier en faction conduisit les visiteurs au premier étage où résidait Humbert Worcester, installé dans une vaste salle à manger où brillait un énorme lustre qui se reflétait dans des grandes glaces bordées de dorures. Le plafond s'ornait de délicates moulures, d'arabesques et de rosettes ; sur le plancher ancien, des tapis chamarrés et précieux.

Le critique anglais maniait un long fume-cigarette en argent ; grand, le buste large, la tête carrée, les lèvres épaisses, Humbert Worcester se tourna lentement vers ses hôtes.

— Superintendant Marlow et inspecteur Higgins… quel honneur ! J'ai beaucoup entendu parler de vous.

— Je vous ai beaucoup lu, dit l'ex-inspecteur-chef ; votre plume est souvent féroce.

Le critique se leva ; il dépassait Marlow d'une bonne tête et emplissait la pièce de sa présence.

— Ah ! la critique ! Un art bien difficile, le plus exigeant de tous. Il nécessite une immense culture, une grande largeur de vues, une tolérance éclairée et le courage de dire ce que l'on pense même si l'on est certain de froisser des susceptibilités.

Humbert Worcester élevait la suffisance à la hauteur d'une habitude ; il regardait naturellement ses interlocuteurs par en dessus afin de les écraser de son mépris. De nouveau, les nerfs de Scott Marlow étaient soumis à rude épreuve ; s'il n'avait pas appartenu au Yard, il aurait volontiers entamé une lutte à poings nus avec cet odieux personnage.

— Prendrez-vous un digestif, messieurs ? J'ai ici du brandy et du porto. Ma réclusion provisoire est très douce, reconnaissons-le ; elle me permet de préparer quelques articles décapants.

— Nous sommes en service, répondit Marlow, glacial.

— En territoire étranger, vous pourriez vous accorder quelques largesses !

— La déontologie ne souffre aucune exception.

— Comme vous voudrez… Scotland Yard incorruptible, c'est une fameuse nouvelle !

Humbert Worcester alluma une nouvelle cigarette et se servit un grand verre de porto ; Higgins se déplaçait lentement, examinant les lieux. Ici comme dans les autres résidences des témoins, personne n'avait eu le temps d'imprimer sa marque personnelle.

— Qu'est-ce que vous cherchez, inspecteur ?

— La vérité, monsieur Worcester.

— Vous croyez qu'elle pourrait se cacher dans ces moulures, ces tableaux ou ces tapis ?

— Elle élit domicile où il lui plaît.

— Moraliste, inspecteur ?

— Observateur.

— Tout comme moi ; un bon critique, c'est d'abord un regard. J'aime disséquer les manies des artistes, repérer leurs tics, monter leurs défauts en épingle.

— Est-ce bien nécessaire ? demanda Marlow, acide.

Le critique toisa de haut le superintendant.

— La police est-elle vraiment nécessaire ?

— Qui arrêterait les criminels ?

— Nous y voilà ! Le crime du siècle, commis à Aix-en-Provence, en présence de Sa Majesté la reine… de quoi remuer toutes les consciences du Royaume-Uni et des admirateurs de la famille royale.

— Exact, reconnut Marlow ; et cela ne m'amuse pas.

— Vous avez tort ; moi, tout me distrait, surtout ce genre de drame. Le quotidien est si ennuyeux.

— Puisque vous êtes si observateur, reprit Higgins, vous avez dû noter des détails importants lorsque le drame s'est produit, tout près de vous.

— J'aurais dû, c'est vrai ; mais un phénomène m'en a empêché.

— Lequel ?

— Bien que je ne sois pas émotif, j'ai perdu tout contrôle de moi-même ; j'étais comme statufié, incapable de réagir ou de penser.

— Avant ou après le coup de feu ?

— Après, je crois... mais je n'en suis pas très sûr. Les cris de l'archevêque, l'orchestre qui joue faux, les hurlements de la salle et le double meurtre : impossible de dissocier tout cela. Trop d'incidents en même temps, voilà ce qui m'a pris au dépourvu.

— Étrange, monsieur Worcester.

— C'est bien mon avis.

— En réalité, vous n'avez rien vu.

— Des gens dans tous les sens et la confusion la plus totale... puis les cadavres. Pauvre prince et pauvre lady... une bien horrible fin, bien peu digne de ces êtres de qualité.

— Vous les connaissiez bien ?

— Plus ou moins. Lady Godiva était une aristocrate classique, imbue des privilèges de sa caste et fière de sa lignée ; on ne l'abordait pas facilement. Elle savait maintenir ses distances avec qui n'appartenait pas à son monde... et je n'avais pas cette chance. Albert-René de Montjoie se montrait plus jovial, peut-être parce que sa noblesse était un peu achetée... les Français sont coutumiers du fait ! Ils finissent par croire aux titres qu'ils ont inventés, se prennent pour les descendants d'un croisé au nom ronflant et oublient que la particule n'est pas du tout l'indice d'une origine noble.

— Un philosophe français, rappela l'ex-inspecteur-chef, a pourtant posé le problème en termes clairs : « Être de quelque chose vous pose un homme comme être de garenne vous pose un lapin. »

Humbert Worcester parut surpris.

— Un inspecteur du Yard pratiquerait-il les maximes d'Alphonse Allais ?

— Un détail m'étonne, monsieur Worcester : vous, sujet britannique, semblez plus proche d'un prince français que d'une aristocrate anglaise.

Le critique se regarda dans une glace, visiblement satisfait du résultat.

— Un auteur de ma notoriété n'a plus de patrie, inspecteur ; je dis bien : auteur. Car bientôt paraîtra mon livre sur les musiciens où je démontre que Monteverdi était un vieillard sénile, Mozart un imbécile et Bach un réactionnaire. Fascinant, non ?

— Si vous suivez la chronologie, indiqua Higgins, vous devriez mettre Bach entre Monteverdi et Mozart.

— Qu'ai-je à faire de la chronologie ! Je la bouscule et je dégonfle toutes les baudruches.

Scott Marlow, en proie à des pensées coupables,

avait envie d'enfoncer un objet pointu dans le ventre du critique afin de s'assurer qu'il n'était pas, lui aussi, l'une de ces baudruches.

— Le prince avait-il des ennemis ? demanda Higgins.

— Comme tout esthète, il encourageait les artistes, s'attachait au développement culturel de sa région et faisait donc des choix. Je n'ai jamais eu l'occasion de le critiquer.

— Ce mariage ne vous semblait-il pas extravagant ?

— Oh, le mariage est une extravagance en soi ! Suis-je marié, moi ? Et vous, messieurs, l'êtes-vous ?

— Soupçonnez-vous quelqu'un ? demanda Marlow.

— Quel vilain mot, superintendant ! Soupçonnable est celui qui soupçonne ; j'abandonne l'assassin à ses remords.

CHAPITRE XIV

Attablés dans une excellente auberge de la vieille ville, Higgins et Marlow dégustèrent une cuisine du soleil : melon à la chair gorgée de miel, salade de tomates d'un rouge vif relevée par un ail puissant, gratin d'aubergines et une rouille au safran. Un vin blanc de Cassis accompagna ces mets simples et délicieux qui calmèrent un peu l'ire du superintendant.

— Ce critique a atteint le sommet de la prétention.

— Il peut encore progresser ; ayez confiance en la nature humaine, mon cher Marlow.

Un nougat glacé couronna ce repas léger ; les deux hommes reprirent leur pèlerinage, en quête de témoins susceptibles de les éclairer sur le double meurtre.

C'est pourquoi ils se rendirent au célèbre pavillon Vendôme que beaucoup d'Aixois jugeaient comme le plus parfait monument de leur belle cité ; Louis de Mercœur, duc de Vendôme et petit-fils de Henri IV, l'avait fait construire pour sa maîtresse,

Lucrèce de Forbin-Solliès. Passionnément épris, il avait même conçu le fol projet de l'épouser ; mais le bon roi Henri, gardien de la morale qu'il oubliait pourtant à ses heures, s'était opposé à cette union scabreuse. Le rusé monarque avait trouvé un moyen imparable : élever le duc à la dignité de cardinal ; or, le fait est connu, un cardinal ne se marie pas. Dignitaire de l'Église, riche, Louis de Mercœur se consola en continuant à fréquenter la belle Lucrèce dans le secret des alcôves et loin des confessionnaux ; elle se faufilait, la nuit, la tête coiffée d'un capuchon afin que personne ne la reconnût.

Higgins ne raconta pas cette coupable histoire à son collègue qui ne transigeait pas avec l'éthique victorienne, seule capable de redonner à l'Angleterre sa splendeur perdue. Marlow, cependant, se laissait prendre au charme du pavillon Vendôme, chef-d'œuvre d'un classicisme souriant ; deux étages s'élançaient vers le ciel bleu selon des lignes d'une grande pureté. Soutenant le balcon, des atlantes portaient au front leur main droite ; des replis de leurs draperies sortaient des fruits, témoignage de la richesse et de la joie de vivre de la Provence.

Le pavillon Vendôme jouissait d'un environnement exceptionnel : allée bordée d'arbres et de bosquets taillés, pelouses entretenues avec art, bassin apportant l'indispensable note de fraîcheur de sorte que l'eau jouait avec le feu du soleil. En s'engageant dans l'allée centrale, les deux policiers changèrent de monde ; ils quittèrent l'ère moderne pour savourer une époque sans bruits de moteur et sans pollution où les hommes prenaient le temps d'exister.

C'était là que résidait, pour quelque temps, la jeune Adeline Lubéron, lauréate remarquée du récent concours Mozart placé sous la bienveillance de la reine d'Angleterre et destiné à faciliter la carrière d'une soprano au style mozartien indéniable.

Les dix-neuf printemps de la jeune femme possédaient le charme de la Suzanne des *Noces,* la tendresse de la Fiordiligi de *Cosi fan tutte,* la séduction de la Pamina de *La Flûte enchantée ;* blonde, ravissante, très fine, aérienne, vêtue d'une robe bleu pâle de la couleur de ses yeux, elle paraissait presque irréelle.

— Merci de nous recevoir, dit Higgins, ému par tant de fraîcheur.

— C'est bien naturel ; la mairie me loge ici comme un hôte de marque, m'attribue piano, répétiteur et me permet de travailler dans les meilleures conditions. N'est-ce pas merveilleux ?

Scott Marlow toussota.

— Certes, mademoiselle ; mais c'est aussi une garde à vue.

— Elle me semble bien légère ; cet endroit est si enchanteur !

La pièce du rez-de-chaussée où travaillait la soprano avait été aménagée en salon de musique ; un piano à queue Steinway, une harpe, des flûtes, de nombreuses partitions... la musicienne pouvait être satisfaite.

— Le concours fut-il difficile ? s'enquit Higgins.

— Très exigeant : l'air des pins de Suzanne, l'*Exultate Jubilate,* la cantate 51 de Bach et les deux grands airs de Fiordiligi. Beaucoup trop ardu pour moi ; je ne possède pas la maturité nécessaire.

— Vous avez pourtant gagné.

— Un simple concours de circonstances et une chance insolente ; je crois que j'ai été la moins mauvaise ! Toute mon existence est marquée par le bonheur ; j'ai des parents merveilleux qui m'ont toujours encouragée, même dans les moments les plus difficiles. Apprendre le chant est une tâche ingrate, dit-on ; quel plaisir d'interpréter des œuvres sublimes, de les servir de son mieux, de continuer à transmettre des musiques qui modèlent l'âme et la rendent harmonieuse. C'est comme un rêve qui ne finit pas... et puis la vie à Aix est si facile ! De quoi me plaindrais-je ?

De fait, Adeline Lubéron respirait le bonheur dont elle parlait ; nulle trace d'inquiétude ou de regret sur un visage très pur où l'adolescence mourait doucement.

— Qui vous a invitée sur l'estrade royale ?

— Sa Majesté Elisabeth II, en tant que marraine du concours ; je lui fus présentée juste avant le début de la représentation, ainsi qu'aux futurs époux.

— Vous ne les connaissiez donc ni l'un ni l'autre.

— J'avais entendu parler du prince qui est une personnalité de la région.

— Admirée ou redoutée ?

— Il est considéré comme un protecteur des arts.

— De quelle manière avez-vous vécu le drame ?

— J'étais captivée par cette scène sublime où le comte demande pardon à la comtesse et j'attendais les notes célestes que devait chanter Teresa Stich-Randall quand j'ai entendu les cris poussés par un homme qui gesticulait ; je serais incapable de vous en donner la teneur. Comme les autres, je me suis levée. On m'a bousculée, j'ai failli tomber ; l'orchestre a cessé de jouer, des gens hurlèrent et puis il y a eu ces deux détonations... difficiles à percevoir, tant il y avait de bruit, mais très rapprochées. Quelqu'un s'est jeté devant la reine pour la protéger, on m'a poussée dans le dos, des spectateurs tentaient de monter sur l'estrade ; un instant, j'ai vu une femme, étendue sur le dos, le visage en sang. Mes nerfs ont lâché, j'ai pleuré. On m'a donné un sédatif pour dormir mais je me suis réveillée à l'aube : ce fut la plus belle peur de mon existence !

— Que s'est-il passé ?

— Je n'avais plus de voix !

— Par bonheur, elle est revenue.

— Ce n'est pas encore parfait... de temps à autre, elle disparaît un peu. L'émotion, je crois.

— Puis-je me permettre de vous recommander un remède efficace ?

— Bien sûr, inspecteur !

— *Rumex Crispus,* en granulés, est souverain

contre les extinctions de voix ; il a sauvé quelques illustres cantatrices de la catastrophe.

Adeline Lubéron sourit avec une grâce inimitable.

— Grâce à vous, je ne serai pas muette.

CHAPITRE XV

Selon les anciens Provençaux, trois fléaux accablaient leur pays : la Durance, le Parlement et le mistral. La première avait été domestiquée et ses inondations ne dévastaient plus champs et vergers ; le second, sous la forme d'une cour d'assises, continuait à sévir à Aix-en-Provence ; le troisième venait de se lever. Apportant un peu de fraîcheur au cœur de l'été, il faisait danser pins et cyprès, rendait le ciel bleu et soulevait les robes des passantes ; le mistral, dont le nom signifiait « le maître », était bien le souverain absolu de l'empyrée méridional, allié du soleil, ennemi des nuages et des brumes. À son maximum de violence, il pouvait renverser un wagon de chemin de fer ; lorsqu'il soufflait en rafales, les écoliers remplissaient leurs poches de cailloux afin de ne pas s'envoler.

Malgré le mistral naissant, la place d'Albertas demeurait la plus énigmatique et la plus envoûtante de la ville ; en forme de fausse équerre dont les deux branches étaient occupées par un hôtel particulier qui semblait inachevé, la place était ornée, en son centre, d'une magnifique fontaine en forme de calice largement ouvert sur le ciel. Entre les pavés poussaient des brins d'herbe qui ajoutaient au romantisme de l'endroit. Aux fenêtres du bas, des grilles ; à celles de l'étage, des volets en bois. Un monde s'était brisé place d'Albertas ; des songes venaient s'y dissoudre, évoquant des fêtes disparues et des bals à jamais impossibles.

Higgins poussa une porte de bois aux teintes blondes et chaudes ; elle donnait sur une cour intérieure agrémentée d'un jardin ; suivi par Marlow, il se dirigea vers une autre porte surmontée d'une lanterne environnée de glycines.

Là résidait le dernier témoin du double meurtre, Anatole Grisnez, le plus célèbre maquilleur de la décennie ; d'origine modeste, il avait toujours vécu dans les théâtres et les opéras. Le barrage policier franchi, Higgins et Marlow découvrirent une succession de pièces où s'entassaient des costumes, des formes en bois, des mannequins de métal, des perruques de toutes les couleurs, des pots de crème, des tubes, des paquets de coton, des spatules et mille autres objets nécessaires à la pratique du grimage.

Scott Marlow s'immobilisa devant un personnage de vieille femme au teint cireux ; sortant du musée de Mme Tussaud, elle semblait réelle.

— On croirait qu'elle est vivante.

Le bras droit se leva.

— Mais je suis vivant, superintendant.

Épouvanté, Scott Marlow recula de deux pas et se heurta à Higgins qui l'empêcha d'aller plus loin.

La vieille femme ôta ses cheveux gris, sa robe noire et ses sabots ; apparut un homme de trente-cinq ans, chauve, maquillé, vêtu d'un maillot de corps blanc et d'un pantalon de pyjama.

— Je me présente : Anatole Grisnez, faiseur de mirages. Mon déguisement était réussi, non ? Mais il commençait à m'ennuyer... On m'avait annoncé votre visite, et je tenais à vous éblouir. Gagné ?

— Gagné, répondit Higgins ; c'est prodigieux.

En quelques instants, le visage du maquilleur avait pris une dizaine d'expressions différentes ; le meilleur observateur eut éprouvé la plus grande difficulté à donner une description précise du personnage. Higgins avait rarement assisté à de telles métamorphoses en un aussi court laps de temps. Cette tempête se calma ; les traits de Grisnez se figèrent enfin en formes banales, plutôt molles. L'ex-inspecteur-chef n'avait plus devant lui qu'un quidam.

— Êtes-vous capable d'imiter n'importe qui ? s'enquit Marlow, encore sous le coup de la surprise.

— Bien sûr que non ; d'ailleurs, ce n'est pas mon métier. Venez dans le salon : je vous ai préparé du rosé bien frais et une anchoiade. À Aix, il faut savoir prendre de bons moments.

Les deux policiers durent s'asseoir au milieu d'un amas de soieries, de taffetas et de dentelles dans lequel le Français taillait lui-même des ébauches de costumes.

— C'est un petit vin mais il donne de l'inspiration ; avez-vous trouvé l'abominable assassin qui a osé interrompre cette magnifique représentation des *Noces ?*

— Pas encore.

— Dommage. Êtes-vous mozartien, inspecteur ?

— Je m'y essaye.

— Tant mieux ; en ce cas, vous avez dû apprécier mes costumes, mes perruques et mon maquillage : les chanteurs étaient parfaits.

— Ces *Noces* m'ont paru superbes, j'en conviens.

— Notre malheureux prince en convenait aussi, c'est pourquoi il m'avait invité sur l'estrade royale.

— Avez-vous été présenté à la reine ? demanda Marlow.

— J'ai eu cet honneur et me suis incliné devant elle ; j'aurais aimé lui parler longuement de cet opéra unique où tout s'exprime par le nombre sept.

— À cause des sept personnages présents sur scène pendant l'éblouissant final du second acte ?

— Exactement ! Vous êtes un connaisseur, inspecteur.

— Qui peut se vanter de bien connaître Mozart ?

Anatole Grisnez devint soudain mélancolique.

— Personne... vraiment personne.

Soudain, il fut de nouveau enjoué.

— Savez-vous que je dispose de soixante-trois coloris de cheveux et que je les prépare moi-même selon des recettes que je n'ai jamais communiquées à personne ? Il me faut parfois plus d'une semaine pour bâtir une perruque ; elle doit s'adapter parfaitement à la tête du chanteur ou de la chanteuse, de manière qu'ils se glissent avec aisance dans leur rôle. La moindre gêne, et c'est l'échec ; lorsqu'il s'agit d'interpréter Mozart, le maquillage lui-même est essentiel ! L'âme, le visage, le corps entier de l'artiste doivent se modifier afin de s'incarner dans son personnage et de s'oublier lui-même. Teresa Stich-Randall avait presque réussi et voici que ce prêtre stupide brise la magie par ses glapissements !

— Un archevêque, rectifia le superintendant ; qu'avez-vous vu exactement ?

— Une femme.

Marlow se sentit soulagé ; enfin le bon témoin !

— Laquelle ?

— Certainement une Anglaise ; certaines allures ne trompent pas.

— Décrivez-la.

— La cinquantaine, belle, élégance classique et désuète.

— Avait-elle déjà jeté son arme ?

— Quelle arme ?

— Mais... l'arme du crime !

— Rien de semblable, affirma Anatole Grisnez ; mais cette demoiselle — c'est du moins mon hypothèse — était complètement hystérique ! Cris de l'archevêque, brouhaha, panique de la foule et hurlements de cette folle qui m'est tombée dans les bras et que j'ai essayé de calmer : voilà ce que j'ai vu et entendu.

— Jenny Naseby, rappela Higgins.

— Rien d'autre ? interrogea Marlow, cruellement déçu.

Le perruquier hocha négativement la tête.

— Aviez-vous déjà rencontré Lady Godiva ?

— J'ai rencontré toutes les ladies de l'univers, inspecteur ; elles m'ont aidé à former l'image d'une comtesse idéale qui résume en elle toutes les femmes. N'ai-je pas connu autant de vies que de personnages de Mozart ? C'est l'aspect le plus fascinant de mon métier : sortir des limites de soi-même et changer sans cesse de destin.

— Le prince faisait-il partie de vos amis ?

— Il m'encourageait, comme beaucoup d'autres artistes ; Albert-René était un mondain et un séducteur qui voulait plaire à tout le monde et à n'importe qui. C'est le genre d'individu qui m'ennuie profondément au bout de dix minutes : lieux communs, banalités, convenances et tutti quanti ; pour moi, le comble de la lassitude.

— Soupçonnez-vous quelqu'un ?

— Le monde entier, inspecteur ! Sans cesse, il détruit la beauté, ses attraits ne sont que duperie. Pourquoi ne serais-je pas le maître des dupes ?

CHAPITRE XVI

Scott Marlow était en proie à l'une de ces crises existentielles que connaissent tous les policiers consciencieux ; aussi passa-t-il de la mominette au pastis grand format. Assis à l'ombre de la terrasse des Deux Garçons, il ne cacha pas sa déception à Higgins.

— Personne n'a rien vu, personne n'a le moindre soupçon... pourtant, les deux meurtres ont eu lieu dans un espace clos et nous savons que le coupable figure obligatoirement sur une liste de sept suspects ! Incroyable... en prime, une belle bande de fous et de gredins !

— Ne généralisez pas, mon cher Marlow.

Higgins consulta ses notes.

— Nous avons quatre Anglais et trois Français rappela-t-il ; dans le clan britannique, deux hommes et deux femmes ; dans le clan français, deux hommes et une femme. Professions diverses, mais cinq d'entre elles liées au milieu artistique : Rose Wolferton est pianiste, Adeline Lubéron cantatrice, Adonis Lempereur metteur en scène, Anatole Grisnez maquilleur et costumier, Humbert Worcester critique musical; seuls Jenny Naseby, régisseuse de Lady Godiva, et l'archevêque Thomas Youlgreave font exception à la règle.

Le superintendant écoutait l'ex-inspecteur-chef avec la plus grande attention.

— Merci de votre concours, Higgins ; cette simple énumération est peut-être la clé de l'énigme.

Les deux mains serrant son verre de pastis, Marlow réfléchit à haute voix.

— Première hypothèse : ils disent tous la vérité — sauf un. Le désordre était tel, en effet, que l'assassin a pu agir avec précision et rapidité. Il a profité de l'obscurité et de la confusion pour tirer et a eu l'intelligence de demeurer sur l'estrade au lieu de chercher à s'enfuir. Dans ce cas de figure, il faut innocenter l'archevêque ; s'il avait manié une arme, quelqu'un l'aurait remarqué.

— Il n'est peut-être pas l'assassin, objecta Higgins, mais sa complicité est presque certaine.

— Exact ; excluons-nous une réaction spontanée, sans aucun rapport avec les meurtres ?

— N'excluons rien, mon cher Marlow.

— Si : le suicide.

— Supposez que l'un des deux époux ait tiré sur l'autre puis retourné l'arme contre lui-même.

— Invraisemblable, puisqu'elle a été jetée aux pieds de la reine ; Lady Godiva et le prince Albert-René de Montjoie ont bien été exécutés par une tierce personne.

— Exécutés... pourquoi ce terme ?

— Il m'est venu spontanément.

— Cette précision est elle-même une hypothèse.

Higgins prit quelques notes, les réflexions de son collègue méritaient considération. Sur le cours Mirabeau, une foule bigarrée déambulait ; un attroupement se produisit autour d'un violoniste qui, avec un joli style, joua du Bach et du Vivaldi. Grâce à la voûte des hauts platanes qui filtraient la puissante lumière de l'été, la chaleur demeurait supportable.

— Seconde hypothèse, reprit Scott Marlow : l'assassin n'a pas agi seul. Il s'est assuré une ou plusieurs complicités : l'archevêque pour semer la diversion et une ou deux autres personnes qui lui servirent d'écran pendant qu'il tirait. Je songe à des comportements anormaux comme celui de Rose Wolferton qui a peut-être fait semblant de s'évanouir ou de Jenny Naseby qui a simulé l'hystérie.

— Deux femmes, observa Higgins.

— Développement de cette seconde hypothèse : un complot. Par exemple, plusieurs femmes jalouses qui refusaient ce mariage.

— Reste à découvrir un mobile assez puissant pour aboutir à un double meurtre.

— Là, nous pataugeons. Troisième hypothèse : ils sont tous complices. C'est pourquoi leurs déclarations convergent si bien. En ce cas, il nous faut découvrir le maillon faible de la chaîne et le faire céder.

— Comment auraient-ils procédé pour se faire tous inviter… et rien qu'eux ?

— Cette difficulté est insurmontable, je l'admets. En saine logique, je suis persuadé que la seconde hypothèse est la bonne.

— La saine logique semble vous donner raison, mon cher Marlow.

— Au premier rang des suspects, je place le metteur en scène Adonis Lempereur, Humbert Worcester et Anatole Grisnez ; ces trois-là me paraissent atteints de maladie mentale et me déplaisent souverainement.

— Leur personnalité est très caractéristique ; est-ce suffisant pour les accuser ?

Le superintendant se sentit pris en faute.

— Non... je me laisse un peu aller.

— Les nerfs, mon cher Marlow ; après une telle émotion, rien de plus naturel. Une bonne tisane calmante au coucher, de l'exercice et tout rentrera dans l'ordre.

— Mais vous, Higgins, que pensez-vous de cette affaire ?

— Elle me désoriente. L'assassin doit être un tireur d'élite, un professionnel bien entraîné au sang-froid exceptionnel ; quelques secondes lui ont suffi pour accomplir un acte dûment prémédité sans se faire repérer.

Le superintendant fronça les sourcils.

— Vous décrivez un agent secret... songeriez-vous à une affaire d'espionnage ?

— Quatrième hypothèse.

— En ce cas, mieux vaudrait passer la main !

— Attendons d'en être sûr ; il faudrait également savoir si les deux époux étaient visés dès l'origine ou si l'un d'eux était la cible préférentielle.

— Réponse simple : tout fut si rapide que leur élimination était programmée ; c'était bien le couple que l'on voulait supprimer.

— Les faits sont là... n'omettons pas la possibilité d'un règlement de comptes lié à des malversations dont le prince se serait rendu coupable ; le témoignage de Frédéric va dans ce sens.

— Crime crapuleux... ce serait la meilleure solution, car la plus simple ! Dans ce genre de situation, on finit toujours par tirer sur le bon fil.

— Reste une dernière hypothèse, bien embarrassante : la reine.

Marlow sursauta.

— Vous ne soupçonnez quand même pas Sa Majesté !

— Je me demande si les crimes ne sont pas liés à sa présence.

— De quelle manière ?

— Je l'ignore.

— Rien de certain, par conséquent.

— Hélas, rien.

— Il nous faut procéder à de nouveaux interrogatoires.

— Inutile.

— Je le redoute, avoua Scott Marlow, ils se contenteront de redire la même chose.

Des applaudissements nourris saluèrent l'interprétation du violoniste ; lui succéda un violoncelliste, qui attaqua avec bravoure la première suite de Bach. Partout, dans le vieil Aix, la musique était présente ; récitals de piano, concerts d'orchestre ou de chœurs, cantatrices donnant des lieder... mille et une festivités préparaient au rituel que constituait la représentation d'un opéra de Mozart.

Higgins était venu communier avec cette musique, fraterniser avec l'auteur des *Noces de*

Figaro et vivre des instants de beauté et d'harmonie ; mais le crime ne le laissait pas en paix.

— Comment comptez-vous procéder, à présent ?

— En passant à l'offensive, mon cher Marlow.

CHAPITRE XVII

Le ventilateur fonctionnait à plein régime dans le bureau du commissaire Papassaudi ; ce dernier contemplait une pile de rapports tout à fait décourageants ; avec une satisfaction certaine, Marlow constatait que la paperasse était aussi un fléau de la police française.

— J'ai lu tout ça, messieurs... il n'y a rien, rien du tout !

Seul fait acquis : l'arme recueillie aux pieds de la reine a bien été utilisée pour commettre les deux crimes. J'ai fait procéder à plusieurs interrogatoires, chaque témoin a été questionné de mille façons ; résultat : néant. Personne n'a aperçu l'assassin ! C'est l'homme invisible ou Fantomas, ma parole !

Octave Papassaudi s'épongea le front avec un grand mouchoir à carreaux.

— Nous frôlons l'incident diplomatique... mes supérieurs me téléphonent sans arrêt et exigent des résultats au nom de l'amitié franco-britannique ! Mais quels résultats, bonne mère ?

— Nous tenons l'assassin, déclara Higgins, serein.

Le commissaire se leva, un grand sourire aux lèvres.

— C'est... c'est formidable !

— Ne vous réjouissez pas trop vite : je voulais simplement souligner le fait que l'assassin se trouve obligatoirement parmi les sept suspects.

Octave Papassaudi, dépité, se rassit.

— C'était trop beau... j'ai bien envie d'en prendre un au hasard et de le faire parler.

— Vous plaisantez ! s'insurgea Scott Marlow, outré.

— Bien entendu, mon cher collègue... parfois, on aimerait plaisanter sérieusement. De votre côté, avez-vous trouvé quelque chose ?

— Pas plus que vous.

— Nous voilà dans de beaux draps... je ne peux pas prolonger la garde à vue. En plus certains des suspects ont menacé de porter plainte.

— Lesquels ?

— Les Anglais et le metteur en scène ; encore une tonne d'ennuis en perspective et une quantité de dossiers à classer. Notre métier est un véritable sacerdoce.

Marlow éprouvait une certaine sympathie pour le policier français qui ne dissimulait pas ses difficultés ; il en oubliait presque de songer à ses propres ennuis et au rapport qu'il devait adresser au Yard.

— Quelles sont vos intentions, commissaire ?

— De nouveaux interrogatoires... et puis non, c'est inutile... je barbote !

— J'ai une solution à vous proposer, avança Higgins.

— Je vous écoute.

— Laissez les témoins libres de tout mouvement et n'exercez sur eux aucune surveillance ; à chacun, faites savoir qu'il est lavé de tout soupçon et que l'enquête est sur le point d'aboutir en raison des informations que nous vous avons procurées. La gravité de votre intervention en garantira l'authenticité.

Le commissaire croisa les doigts sur sa poitrine.

— C'est extrêmement risqué ; vous me demandez de laisser un assassin libre d'agir à sa guise. Supposez qu'il ait envie de recommencer ?

— Vous ne croyez pas plus que nous au geste d'un psychopathe mais à celui d'un être froid et lucide, capable de monter un plan complexe et de s'y tenir avec une absolue précision.

— Hmmm... admettons. Travaillez-vous souvent sans filet, en Angleterre ?

— Nous sommes plutôt des adeptes du parapluie, répondit Higgins ; avec ce soleil, nous n'avons droit qu'à une ombrelle. La porter en public risquerait d'être équivoque.

— Et si nous échouons ?

— Un beau proverbe affirme qu'il n'est pas nécessaire d'espérer pour entreprendre.

— Je joue ma place.

— Moi aussi, avoua Marlow.

— Nobles audaces au service de la vérité, jugea Higgins ; jouez bien, commissaire.

*
**

Octave Papassaudi détestait marcher ; aussi utilisa-t-il une voiture de fonction et s'arrêta-t-il juste en face du domicile de chaque suspect, au prix de deux contraventions. Le commissaire se conforma aux instructions de Higgins et tint son rôle avec beaucoup de conviction ; chacun de ses interlocuteurs devait être persuadé de sa totale innocence.

L'archevêque Thomas Youlgreave manifesta un intense soulagement, pardonna à la police française, donna sa bénédiction au commissaire et décida de demeurer quelques jours au château du Tholonet pour se remettre de ses émotions ; il affirma ne pas avoir été maître de ses réactions lors de la scène finale des *Noces,* un opéra magnifique qui l'avait beaucoup ému.

Jenny Naseby resta de glace et annonça sa décision de regagner le domaine des Corby après quelques jours de repos ; grand seigneur, le commissaire lui proposa de jouir de l'appartement de la rue d'Italie, cette fois en toute liberté.

La pianiste Rose Wolferton éclata de rire, entra dans une violente colère, pleura un peu et supplia le policier de lui permettre de résider au moins une semaine à l'hôtel d'Espagnet, le temps de préparer son prochain concert ; ce cadre magnifique l'inspirait.

Anatole Grisnez, plongé dans la confection d'une nouvelle perruque et chargé par les autorités du festival de préparer les costumes d'un futur *Don Giovanni,* écouta le commissaire d'une oreille distraite ; l'hôtel d'Albertas lui servirait d'atelier pour les mois à venir.

Adonis Lempereur, hautain, critiqua vertement les méthodes de la police et la violation des droits de l'homme dont il venait d'être la victime ; en guise de réparation, il exigea d'être logé gratuitement à l'hôtel de Castillon, nourri et blanchi. De plus, un secrétaire particulier serait mis à sa disposition pour l'aider à mettre au point le texte de sa prochaine mise en scène.

Humbert Worcester souffla sa fumée de cigarette dans le visage d'Octave Papassaudi ; il disserta longuement sur la médiocrité de la critique musicale française et refusa de quitter l'hôtel de Simiane avant d'avoir achevé le premier chapitre de son livre.

Adeline Lubéron remercia le commissaire de sa sollicitude ; en accord avec la municipalité, elle résiderait encore une semaine au pavillon Vendôme afin de parfaire son art avant son premier grand récital.

Fatigué par cette tournée des témoins, Octave Papassaudi s'octroya un banquet où le poisson fut à l'honneur : beignets de sole, filets de rascasse et pavé de lotte. Ce n'était nullement la gourmandise qui le guidait mais le besoin de reprendre des forces avant la lutte ; lui observerait, les deux Anglais agiraient.

CHAPITRE XVIII

À chacun de ses interlocuteurs, le commissaire avait signalé que Higgins et Scott Marlow, persuadés que les deux crimes relevaient d'une machination politique contre la reine, demeuraient à Aix pour poursuivre l'enquête ; généreuse, la municipalité les logeait dans un superbe appartement de l'hôtel du Poët, au sommet du cours Mirabeau, tout près de la statue du roi René.

— Comment ont-ils réagi ? demanda Marlow au commissaire Papassaudi pendant que Higgins dégustait un toast recouvert d'une succulente confiture de fraises.

Les trois policiers prenaient leur petit déjeuner à la terrasse des Deux Garçons, à une heure douce et paisible où les premiers promeneurs commençaient à déambuler sur le cours ; café noir, tartines, toasts, confiture, pêches et framboises composaient un menu digne de ce nom. Dans la tendresse lumineuse de ce matin d'été, face aux hôtels particuliers du XVIIIe siècle, l'ex-inspecteur-chef songeait aux

Stances à l'antan de Harriet J.B. Harrenlittlewoodrof :

L'antan se grise de châteaux alanguis et de rêveuses cathédrales,
L'antan se poudroie de mémoire et de songes mordorés,
L'antan se noie dans les lacs où dorment les ombres,
Et nos lendemains se sacrifient sur son autel de mirages effilochés.

Le commissaire, lui, puisait dans sa mémoire toute fraîche.

— L'archevêque Youlgreave a paru choqué par votre hypothèse et plus encore par votre présence sur le sol français ; d'après lui, Scotland Yard n'a rien à faire ici. Puisque la police nationale l'a innocenté, il estime choquant de s'acharner sur du vide. À mon avis, messieurs, il ne vous apprécie guère.

Qu'un compatriote se montre aussi peu solidaire, pensa Marlow, implique qu'il est mêlé au crime de près ou de loin ; un archevêque catholique anglais était, en soi, un personnage douteux dans la mesure où ses pairs n'avaient causé que des ennuis aux monarques.

— Jenny Naseby n'a fait aucun commentaire mais m'a paru très impressionnée ; sans nul doute, votre décision la contrarie. Elle ne dissimule pas très bien ses émotions, le *self-control* se perd, on dirait !

Cette plaisanterie amusa le commissaire qui partit d'un bon rire ; sur le fond Higgins était d'accord avec lui, mais il se concentra sur sa prise de notes.

— Vous écrivez beaucoup, inspecteur !

— La mémoire est la plus trompeuse des séductrices ; je ne m'y fie jamais.

— Vous utilisez toujours un crayon et un carnet noir ?

— Toujours.

— Entre nous, ce n'est pas très moderne.

— Le crime n'a pas d'âge, inspecteur.

— Et vous relisez tout ça ?

— Chaque soir, j'étudie la moisson de la journée ; les éléments de l'enquête s'amassent d'eux-mêmes. Lorsque qualité et quantité me semblent de bonne facture, je commence à organiser le matériau sans idée préconçue.

— Un vrai travail d'alchimiste ! Nous en avons eu un fameux dans le coin : Nostradamus, à Salon-de-Provence.

— Ses *Centuries* ne nous donnent malheureusement pas le nom de l'assassin.

— Worcester, comment s'est-il comporté ? interrogea Marlow que ces considérations sur la méthode de travail quelque peu surannée de Higgins importunaient.

— Bizarre, bizarre... le nez retroussé, la lippe méprisante, le regard glacial, mais ennuyé. « Scotland Yard est une police stupide, a-t-il déclaré ; elle s'agite, dérange les honnêtes citoyens et n'aboutit généralement à rien ; depuis l'affaire de Jack l'Éventreur, elle est tellement compromise avec le pouvoir qu'elle a perdu toute crédibilité. »

Marlow fulminait ; il aurait volontiers enfermé ce critique pour complot contre la nation.

— En tout cas, poursuivit Octave Papassaudi, il ne tient pas à vous rencontrer et changera de trottoir s'il vous croise dans la vieille ville.

— Passons à vos compatriotes, pria le superintendant.

— Anatole Grisnez m'a demandé si le superintendant accepterait de poser pour lui ; il voit en lui un remarquable Leporello pour sa future production de *Don Giovanni ;* il m'a montré une dizaine de planches où il a déjà dessiné les costumes principaux de l'opéra. Si je ne m'étais pas enfui, il serait encore en train de m'en parler. Adonis Lempereur s'est montré plus réservé ; votre présence ne l'inquiète nullement mais sa propre carrière l'angoisse ; il peste contre la multitude de traditionalistes et de petits-bourgeois qui l'empêchent de révolutionner la mise en scène. D'après lui, Mozart devrait être joué dans une usine désaffectée.

— Qu'il se rassure, dit Higgins ; il finira bien par convaincre un directeur de théâtre. À notre époque, dénaturer les œuvres fait hurler au génie.

— La petite Adeline Lubéron a été charmante, reprit le commissaire, elle serait très heureuse de revoir l'inspecteur Higgins et de parler avec lui de musique. Elle qui ignorait tout de Scotland Yard a été séduite par votre collègue, superintendant.

Marlow évita de s'engager sur ce terrain. De lointaines rumeurs faisaient écho de nombreuses conquêtes de Higgins mais le superintendant n'avait jamais obtenu de preuve formelle bien que ses soupçons eussent été éveillés à plusieurs reprises, au cours d'enquêtes délicates. Il veillerait à ce que son collègue n'empiétât point sur le respect absolu dû aux témoins.

— J'ai gardé notre pianiste anglaise pour la bonne bouche, révéla Octave Papassaudi ; je dis « notre » car cette petite Rose est venue si souvent à Aix ces dernières années qu'elle est un peu une enfant du pays. Sa réaction fut nette et tranchée : elle exige votre départ. Vous savoir dans la ville à la recherche d'on ne sait quel indice lui met les nerfs à fleur de peau ; entre elle et vous, le courant n'est pas passé.

— A-t-elle donné des raisons précises ?

— Quand elle a commencé à crier contre l'injustice, les persécutions policières et l'intolérance universelle, j'ai battu en retraite ; les artistes, ce n'est pas mon fort. Je suis plutôt spécialisé dans le petit voleur local, fiché depuis longtemps et facilement repérable.

— Le bilan de cette première expérience est maigre, déplora Scott Marlow.

Higgins referma le carnet noir.

— Il a le mérite d'exister ; ce n'est que le début du processus.

— Vous êtes bien optimiste, jugea le commissaire.

— Réaliste ; avec la nature humaine, il faut s'attendre au pis. Pourquoi, cette fois, serions-nous déçus ?

CHAPITRE XIX

Higgins et Marlow profitèrent d'une journée de repos pour se perdre dans les ruelles du vieil Aix, flâner dans le quartier Mazarin, visiter le musée Granet où des sculptures celtes côtoyaient des peintures flamandes et italiennes, méditer à l'intérieur de la cathédrale, longer l'ancienne prison en s'engageant dans la rue Rifle-Rafle, goûter quelques pâtisseries artisanales à l'ombre d'un platane.

— Voilà bien longtemps, Higgins, que je n'ai perdu mon temps avec autant de plaisir ; c'est presque un péché ou, pis encore, une faute professionnelle. Imaginez-vous l'état de mon bureau et les piles de dossiers qui s'accumulent ?

— Oubliez-les, mon cher Marlow ; regardez ces pierres blondes, enivrez-vous des parfums des fleurs, déliez vos jambes grâce à nos promenades sans but dans ce monde où ni la mode ni le progrès n'ont cours. Ce sont des moments rares, peut-être inestimables.

— Mais il y a deux meurtres...

— Vous avez raison de m'arracher à ces inutiles rêveries, superintendant.

À l'œil soudain brillant de son collègue, Scott Marlow sentit qu'une idée venait de germer dans son cerveau.

— Rentrons à l'hôtel du Poët, proposa-t-il ; nous devrions y être attendus.

— Par qui ?

— Si mon instinct ne me trompe pas, par un message ou quelque chose de ce genre ; les vacances sont terminées.

***

Sous la porte d'entrée de l'appartement était glissée une enveloppe à l'intention de « MM. Higgins et Marlow, E.V. » Higgins la décacheta sans hâte et lut le texte de la courte lettre :

Si vous désirez en savoir davantage sur le drame de l'archevêché, rendez-vous à 18 heures au pied de la fontaine des Quatre-Dauphins ; vous comprendrez aisément que, pour des raisons de sécurité, je m'abstienne de signer cette lettre.

— Voilà exactement ce que j'attendais, dit Higgins.

Sur la place du 4-Septembre, la fontaine dispensait une fraîcheur bienvenue ; quatre dauphins, la queue en l'air, crachaient de l'eau. Au centre du monument, un obélisque rappelait le goût des Provençaux pour l'Égypte ancienne.

Marchant de long en large, nerveuse, presque agitée, la pianiste anglaise Rose Wolferton. Son allure contrastait avec le calme de l'endroit, au cœur d'un quartier du XVIIe siècle ; l'artiste était si tendue, si concentrée, qu'elle ne vit pas immédiatement Higgins et Marlow. L'ex-inspecteur-chef parla avec douceur.

— Vous nous attendiez, mademoiselle Wolferton ?

La pianiste s'arrêta net, comme frappée par la foudre.

— Moi ? Non... je veux dire oui... mais je ne sais plus si je dois...

Higgins lui montra la lettre anonyme.

— Êtes-vous l'auteur de ce billet ?

La jeune femme, toute de vert vêtue, hésita longtemps. Elle se tourna vers l'un des dauphins, recueillit un peu d'eau dans le creux de sa main droite et but avec avidité. Semblant calmée, elle s'adressa aux policiers.

— Oui, c'est bien moi.

— Nous vous écoutons, dit Higgins, paternel.

Elle se mordilla les lèvres.

— C'est si difficile... à présent, je regrette. Considérez que je n'ai rien écrit.

— Impossible, et vous le savez bien. Désirez-vous que je vous aide ?

Un sourire inquiet répondit pour elle ; Higgins la prit doucement par le bras et la fit tourner autour de la fontaine. Prudent, Marlow inspecta du regard les environs, s'assurant qu'aucun suspect ne rôdait.

— Vous fûtes témoin d'un fait précis, avança Higgins.

— Oui, murmura-t-elle.

— Un fait précis en rapport avec le crime.

— Hélas, oui.

— Malheureusement, ce fait incrimine une personne que vous appréciez.

— C'est tout le problème... je ne voudrais pas entrer dans le mécanisme infernal de la délation. Moralement, c'est horrible !

— Témoigner n'est pas médire.

— J'ai si peu l'habitude de la police ; à dire vrai, elle me fait peur.

— Suis-je donc si effrayant ?

— Vous, non.

— En ce cas, accordez-moi votre confiance ; ce détail nous mènera peut-être jusqu'à l'assassin.

— Peut-être, en effet... donc, je dois parler.

— Je le crois.

— Eh bien, voilà... le soir de la représentation des *Noces*, sur l'estrade royale, tous les invités portaient des gants. Tous, sauf un...

— Ne faisaient-ils pas partie de la tenue de soirée ?

— C'est-à-dire... il les portait mais, au début du dernier acte, il les a ôtés. Son geste fut très rapide et provoqua en moi une sorte de malaise.

— Vous possédez une excellente vue, mademoiselle.

— Vous faites allusion à la pénombre ? Un rayon de lune l'a brisée un instant et mon regard s'est posé sur lui au moment où il se dégantait. C'est un détail minime, en apparence, mais je suis persuadée qu'il cache quelque chose d'important ; un peu comme une fausse note qui gâche toute une interprétation.

— A-t-il remis ses gants avant le drame ?

— Je l'ignore ; mon attention s'est reportée sur l'opéra et la lune s'est éloignée.

— Il me manque une précision.

— Laquelle ?

— Le nom de l'homme.

— Humbert Worcester.

CHAPITRE XX

Le critique ficha son fume-cigarette dans le coin gauche de sa bouche.

— Des gants ? Oui, j'en portais, comme les autres invités. Tenue de soirée de rigueur et conventions désuètes, j'en conviens... mais politesse oblige.

— Les avez-vous ôtés pendant la représentation ? demanda Higgins.

Le critique sembla troublé.

— Oui, c'est exact.

— À quel moment ?

— Au début du dernier acte, me semble-t-il.

— Pourquoi ? interrogea Scott Marlow.

— Je déteste porter des gants ; le contact du tissu déclenche une allergie. J'ai tenu le plus longtemps possible, mais il a fallu que mes mains respirent.

— Les avez-vous remis, par la suite ?

— J'y étais contraint par l'étiquette.

— Quand le drame a éclaté, vous les portiez donc à nouveau.

— En effet. Puis-je connaître la raison de ces questions bizarres ?

— Simple nécessité de l'enquête.

— En clair, vous me soupçonnez de quelque chose ; pas d'être un assassin, j'espère ? Oter des gants pour manier une arme à feu et y laisser des empreintes serait parfaitement stupide. Faites-moi la grâce de penser que je n'aurais pas commis une telle erreur.

— Bien volontiers, concéda Higgins.

*
**

Le fronton de la façade nord de l'ancienne halle aux grains s'ornait d'une étrange représentation ; un vieillard auguste incarnait à la fois le Neptune de la mythologie et le Rhône stable et puissant. À ses côtés, une femme peu vêtue laissait pendre sa jambe gauche dans le vide. Pour les uns, il s'agissait de Cybèle, la déesse-terre, patronne des mystères accessibles à quelques initiés ; pour les autres, de la Durance dont le sculpteur, en donnant à la femme cette position surprenante, avait voulu évoquer les terribles débordements.

Higgins n'était pas venu admirer seulement cette œuvre typique du vieil Aix mais aussi l'exposition de costumes de scène organisée par Anatole Grisnez et retraçant une superbe carrière ; à travers eux revivaient les opéras de Monteverdi, de Mozart et de Rossini et les brillantes représentations qui avaient ravi des milliers de spectateurs passionnés.

L'artiste français discutait avec des admirateurs ; Higgins attendit qu'il fût seul pour l'aborder.

— Merci de m'avoir invité, monsieur Grisnez ; j'ai trouvé votre petit mot.

— C'est aimable à vous d'être venu ; mon œuvre vous plaît-elle ? Regardez ce costume de Chérubin... et celui de Donna Anna... ou bien encore cet Orphée ! Tous ont hanté mes nuits. Pour que la voix s'exprime, ne lui faut-il pas un habit de fête, un corps de tissu qui lui corresponde ?

— C'est probable ; où puisez-vous vos sources d'inspiration ?

— En moi, dans la nature même de l'œuvre et dans les costumes de l'époque... mais tout cela n'est rien à côté du maquillage ! Grâce à lui, je donne à l'acteur le visage caché dans les notes, je remonte à la pensée la plus secrète du compositeur.

Des visiteurs de marque saluèrent Anatole Grisnez qui, après quelques échanges de banalités mondaines, entraîna l'ex-inspecteur-chef à l'écart, tout près d'une grande cape noire de Leporello.

— Que vous soyez venu est un signe du destin, inspecteur ; je voulais vous parler en particulier mais je n'osais pas. Je n'ai pas coutume de m'occuper des affaires d'autrui mais, après ces horribles meurtres, je ne peux plus me taire.

— Vous n'avez pas tort, monsieur Grisnez.

L'artiste tâta la manche du costume.

— Si cette affaire ne relevait pas du domaine de la création théâtrale, elle m'aurait échappé ; quand l'art et l'argent poussent trop loin leur flirt, la catastrophe approche.

— Qui est le représentant de l'art ?

— Adonis Lempereur.

— Le metteur en scène... Des différends avec lui ?

— Nous nous affrontons depuis des années ; ses conceptions modernistes me déplaisent. Ce type-là, c'est du toc ! Aucune sensibilité, aucun génie... il fait n'importe quoi et parle beaucoup. Jamais plus je ne travaillerai avec lui.

— Il a tout de même un public.

— Il dispose surtout de beaucoup d'argent.

— Qui est le généreux donateur ?

— L'ignorez-vous vraiment, inspecteur ?

— Je l'avoue.

— Le prince Albert-René de Montjoie.

— Finançait-il ses mises en scène ?

— Depuis fort longtemps ; sans l'argent du prince, Adonis Lempereur n'aurait pu développer ses excentricités.

— Pourquoi cette générosité à votre avis ?

— Les raisons sont si médiocres... faut-il les dire ?

— S'il vous plaît.

Le maquilleur passa la main sur son crâne chauve.

— La politique... la basse politique. Le prince était l'un des hommes clés de la région ; il désirait être élu à un poste officiel et avait besoin d'un comité de soutien qui ferait croître sa popularité et lui assurerait le concours actif d'un bon nombre de notables. Le président du comité est notre brillant metteur en scène.

— Autrement dit, Adonis Lempereur et Albert-René de Montjoie ne pouvaient se passer l'un de l'autre.

— Ils avaient conclu un marché : Lempereur mettait au service du prince son sens de la communication et organisait les réunions indispensables avec les personnes influentes du monde de la culture, dans la mesure où elles fourniraient un tremplin électoral ; le prince ouvrait largement sa bourse au metteur en scène.

Higgins prit des notes sur son carnet noir ; la page consacrée à Adonis Lempereur commençait à se remplir.

— Cette opération politique était-elle en bonne voie ?

— Elle avait toutes les chances de réussir, inspecteur ; le comte plaisait. Il serait probablement devenu député et aurait donné à son ami Lempereur un poste officiel.

— En ce cas, n'auriez-vous pas été chassé du festival d'Aix ?

Le maquilleur regarda ses pieds et serra dans sa main droite la manche du costume de Don Juan.

— De celui-là et de beaucoup d'autres, c'est vrai... Lempereur aurait usé et abusé de son pouvoir pour employer des artistes abstraits.

— Il vous aurait donc acculé à la misère.

— Détrompez-vous : j'aurais quitté la France. Les opéras d'Italie et d'Allemagne me signeront des contrats dès que je le souhaiterai ; vous pouvez le vérifier aisément. Ce n'est pas un Adonis Lempereur qui peut briser ma carrière.

— Les faits que vous me révélez sont dignes d'intérêt, admit Higgins ; mais comment les relier à ce meurtre ?

— Je l'ignore ; dès que la politique pointe le bout de son nez, l'envie de tuer n'est pas loin. Peut-être quelqu'un a-t-il jugé indispensable d'éliminer le prince parce qu'il devenait dangereux.

— Et Lady Godiva ?

— En ce qui la concerne, ma théorie ne tient pas…

Un nouveau groupe d'admirateurs assaillit Anatole Grisnez ; Higgins jugea bon de se retirer discrètement.

D'autres rendez-vous l'attendaient.

CHAPITRE XXI

Depuis une dizaine de minutes, Higgins savait qu'il était suivi ; il prit soin de marcher lentement afin de mieux goûter le charme des vieilles ruelles aixoises et de faciliter la tâche de son suiveur. Soit ce dernier était animé de mauvaises intentions, soit il hésitait à aborder l'ex-inspecteur-chef ; dans un cas comme dans l'autre, il fallait éviter un impair. Higgins choisit de lui offrir la foule du cours Mirabeau avec l'espoir que la masse des promeneurs jouerait un rôle protecteur dans l'esprit de l'individu qui le filait.

Scott Marlow montait la garde dans l'appartement de l'hôtel du Poët, attendant messages écrits ou téléphonés ; Higgins avait réussi à le persuader que cette méthode, peu spectaculaire en apparence, donnerait d'excellents résultats. Parfois, un assassin tentait de se dédouaner en accusant autrui ; parfois, il se trahissait en demeurant trop silencieux dans une meute où les êtres se détruisaient les uns les autres ; Higgins ne connaissait pas encore le type de coupable auquel il avait à faire mais supposait qu'il commettrait une erreur de parcours, même minime.

L'ex-inspecteur-chef ne se lassait pas de parcourir l'illustre cours qui, malgré quelques traces de modernisme perceptibles dans les devantures des magasins, gardait une allure royale ; la sévérité des hôtels particuliers se teintait des couleurs d'une terre solaire et leurs pierres se réchauffaient au contact d'une lumière filtrée par les feuilles des platanes ; la *Ballade du promeneur habité* d'Harriet J.B. Harrenlittlewoodrof convenait à merveille à ce cadre inimitable :

Et tu montes, et tu chemines, et tu traces
Ton sillon de passant dans la route sans fin,
Car la ville se meurt là où naît la campagne
Et les nuages, en cohorte, prolongent les ruelles.

Au milieu du cours, le suiveur se décida. Il accéléra l'allure et se plaça à la hauteur de Higgins.

— Je dois vous parler, inspecteur.

— Je vous écoute, monsieur Lempereur ; nous asseyons-nous à la terrasse d'un café ?

— Surtout pas ! Notre conversation doit rester confidentielle ; la foule nous met à l'abri des yeux et des oreilles indiscrètes ; si cela ne vous dérange pas, la meilleure solution consiste à marcher et à descendre le cours.

Comme les genoux de Higgins le laissaient en paix, il accepta volontiers.

— Ces deux crimes m'irritent profondément,

déclara le metteur en scène. Ils sont une injure à la culture française.

— Accuseriez-vous un sujet de Sa Majesté ?

— Non, mais c'est une piste à ne pas négliger.

— Lady Godiva était anglaise, si je ne m'abuse.

— Certes, mais la vraie personnalité, c'était le prince. C'est lui qu'on a voulu tuer ; elle a eu le malheur de se trouver à ses côtés et de devenir un témoin gênant qu'il fallait bien supprimer.

— Terrible logique, monsieur Lempereur.

— C'est forcément celle de l'assassin ; en tant que metteur en scène, j'ai l'habitude de me mettre à la place de chacun de mes personnages et de vivre son rôle, avec ses espoirs, ses doutes, ses désirs, ses souffrances... Dans ce cas précis, le doute n'est pas permis.

— À cause du rôle politique du prince ?

La voix haut perchée d'Adonis Lempereur, entièrement vêtu de rouge, devint plus aiguë.

— Qui vous a parlé de ça ?

— La rumeur.

— Évidemment... vous savez donc déjà que je dirigeais le comité de soutien à la candidature d'Albert-René de Montjoie qui serait devenu l'un de nos plus talentueux députés.

— Désolant pour lui comme pour vous.

— C'est indéniable... il m'aurait confié les hautes responsabilités qui me reviennent de droit.

— Crime politique ?

— Pourquoi pas ?

— Le prince avait-il reçu des menaces ?

— Pas à ma connaissance, inspecteur ; mais cet

homme public avait des côtés secrets et ne me racontait pas tout.

— Que pensez-vous du rôle de l'archevêque ?

— Un type instable et trop émotif... ce n'est certainement pas un criminel.

— Sentiment ou certitude, monsieur Lempereur ?

— Évidence.

— Est-ce de ce prélat que vous souhaitiez m'entretenir ?

— Bien sûr que non.

La voix du metteur en scène prit une teinte un peu plus grave.

— Je voulais vous rapporter un curieux incident qui pourrait éclairer le drame d'une manière nouvelle. L'année dernière, à Aix, lors d'une réception officielle, un acteur célèbre est apparu ; personne ne l'avait invité mais comment oser l'expulser ? Le personnage a signé des autographes, parlé de son prochain film, retracé sa carrière en éblouissant l'assistance par sa faconde. Je l'ai moi-même félicité pour la qualité de ses interprétations. Peu avant la fin de la soirée, l'imposteur a jeté le masque ; il s'agissait d'Anatole Grisnez, admirablement grimé ! Son génie du maquillage nous avait abusés. Tous, nous nous sommes sentis ridicules ; certains, humiliés, ont juré de briser la carrière de ce baladin insolent.

— Vous-même, par exemple.

— Moi-même, c'est certain.

— Pourtant, ce n'est pas Anatole Grisnez qui a été assassiné.

— Certes, mais il est devenu réellement célèbre à cause de cette action d'éclat et a prouvé qu'il pouvait prendre le visage de n'importe qui sans se laisser identifier.

— C'est troublant, reconnut Higgins, mais que cherchez-vous à insinuer ?

— Rien, inspecteur, absolument rien ; je suis troublé par ce souvenir. Un homme aux cent visages est capable de tout.

— Même d'un crime ?

— C'est vous qui prononcez le terme, pas moi.

— Il faut parfois prendre des risques, monsieur Lempereur.

Le metteur en scène parut vexé ; une saute de vent dépeignit ses cheveux blancs.

— Maudit mistral !

— Il chasse les nuages et dégage le ciel, rappela l'ex-inspecteur-chef ; puisse-t-il soulever le voile du mystère.

CHAPITRE XXII

Higgins retrouva un Marlow particulièrement énervé.

— Higgins, enfin ! Des découvertes ?

— Peut-être quelques pistes. Et vous ?

— Un coup de fil anonyme.

— Homme ou femme ?

— Femme, voix tremblante, phrases rapides, mots entrechoqués, presque incompréhensibles... Elle veut vous voir, après la tombée de la nuit, près de la fontaine de la Banque de France.

— Voix maquillée ?

— Je ne crois pas.

— Motif de cette invitation ?

— Des révélations sur les témoins des meurtres. Je reconnais votre perspicacité, Higgins ; on s'agite beaucoup autour de nous. Bien entendu, la litanie habituelle : vous devez venir seul, sans aucune assistance policière. C'est pourquoi je vous déconseille formellement de vous rendre à ce rendez-vous.

— Soyez sans crainte, mon cher Marlow : Aix-en-Provence ne ressemble pas à Chicago.

⁂

La nuit était tombée depuis une demi-heure lorsque l'ex-inspecteur-chef arriva près de la fontaine de la Banque de France, petit paradis de fraîcheur au cœur d'un jardin retiré du monde ; de part et d'autre, des masques de comédie gravés dans la pierre et dominés par une autre figure grotesque surmontant le débit régulier et rassurant de l'eau. Le groupe de statues ornant le mur du fond de la cour invitait le visiteur attentif à franchir l'obstacle pour pénétrer dans un univers immobile et paisible.

Higgins s'adossa à la fontaine où jouaient trois amours, représentés sous la forme d'enfants joufflus. Sur sa gauche s'éleva une voix angoissée.

— Merci d'être venu, inspecteur.

— Ne pouvez-vous vous montrer à visage découvert ?

— J'ai mes raisons.

La femme parlait à travers un foulard qui masquait ses traits ; sa mise en scène était puérile : l'ex-inspecteur-chef aurait pu facilement s'emparer d'elle et la démasquer. Il décida néanmoins de jouer le jeu afin d'en savoir davantage.

— Vos informations sont-elles à ce point secrètes ?

— Terrifiantes, inspecteur.

— Votre vie sera-t-elle en danger si vous me les communiquez ?

— Je le crains, c'est pourquoi il est préférable que vous ignoriez mon identité. Au cours de l'enquête, vous seriez bien obligé de la révéler. Si je prends néanmoins de grands risques, c'est pour servir la cause de la vérité ; je ne peux plus garder pour moi ce que je sais.

— Vous désirez me parler du double meurtre, bien entendu.

— Je ne sais pas... c'est à vous d'en juger. Certains de vos témoins sont des menteurs et des affabulateurs ; ils dissimulent des faits d'une importance capitale. Avant d'aller plus loin, donnez-moi votre parole que vous êtes bien venu seul.

— Je vous la donne.

— Quand j'en aurai terminé, je partirai la première et vous ne me ferez pas suivre.

— Je vous le promets.

La voix, oppressée, retrouva un peu de calme.

— Humbert Worcester est un être méchant et retors, reprit-elle ; il ne cherche qu'à nuire à autrui et à briser des carrières. Sa plume est acérée et cruelle ; l'un des témoins en a beaucoup souffert. Ni lui ni Worcester ne s'en sont vantés.

— Me donnerez-vous son nom ?

— J'ai longtemps hésité... il s'agit d'Adonis Lempereur, le metteur en scène français. Voici deux ans, environ, ce dernier a voulu mettre en scène *Didon et Enée* de Purcell, à Londres. Il comptait faire de Didon une fille des rues portant un blouson de cuir rose et maniant une chaîne de vélo ; Énée, aux mœurs dissolues, serait apparu en costume nazi et la pièce aurait eu pour décor une mine de charbon reconstituée sur la scène avec de vrais boulets. On peut discuter du parti pris esthétique.

— On le doit, estima Higgins.

— Certes, mais la campagne de presse menée contre Lempereur par Worcester fut odieuse et injuste ; il s'est attaqué à sa vie privée, l'a traité de prévaricateur et ruiné son crédit auprès des directeurs de théâtre.

— Quelle fut la réaction du metteur en scène ?

— Très inattendue. Il a provoqué Humbert Worcester en duel ; s'estimant insulté et sali, il a obtenu le choix des armes : le pistolet. L'affrontement a eu lieu à Hyde Park, dans un endroit reculé, à l'aube.

— Aucun des deux duellistes n'est mort, semble-t-il.

— Ils n'avaient pourtant pas l'intention de se ménager et les balles étaient bien réelles. Humbert Worcester s'est montré le plus adroit, il a blessé Adonis Lempereur au pied droit. Comme le sang a coulé, le duel fut interrompu. Définitivement ridiculisé, le metteur en scène a quitté l'Angleterre.

— Les deux hommes se sont-ils revus avant la représentation des *Noces* ?

— Je l'ignore, inspecteur ; mais il est certain qu'ils se haïssent. Je suis persuadée que Lempereur n'hésiterait pas à supprimer le critique. À cause de Worcester, il n'obtiendra pas la consécration britannique dont il rêvait.

— C'est plausible, admit Higgins, mais pourquoi faudrait-il relier cette profonde inimitié au double meurtre de l'archevêché ?

— Pourquoi deux ennemis mortels auraient-ils accepté de se côtoyer sur l'estrade royale, sinon parce qu'ils étaient mêlés à un complot ? Et n'oubliez pas qu'ils manient tous les deux les armes à feu.

— Humbert Worcester paraît plus précis qu'Adonis Lempereur.

— C'est certain ; dois-je vous rappeler que les deux victimes ont été tuées par balles et, forcément, par un bon tireur ?

— Je ne le perds pas de vue.

— À présent, inspecteur, je dois m'en aller ; tenez votre promesse.

— Soyez sans crainte.

Higgins écouta pendant quelques minutes les murmures de la fontaine après que sa mystérieuse interlocutrice eut quitté les lieux ; mystérieuse, elle ne l'était guère pour l'ex-inspecteur-chef qui, dès les premiers mots, avait reconnu la voix de la pianiste Rose Wolferton.

CHAPITRE XXIII

Quand Higgins rentra à l'hôtel du Poët, Scott Marlow était attablé devant une superbe bouillabaisse, plat marseillais certes, mais que les Aixois ne dédaignaient pas.

— Higgins, enfin ! Pardon de ne pas vous avoir attendu... c'est la municipalité qui nous a fait livrer ce repas ; le vin me paraît correct.

L'ex-inspecteur-chef goûta.

— Un excellent Bandol, en effet ; chaleureux et fruité.

— Ce rendez-vous ?

— Instructif.

— Avez-vous identifié la femme ?

— Sans grande difficulté : Rose Wolferton. J'aimerais précisément l'appeler.

Higgins consulta la liste des numéros de téléphone des témoins que le commissariat lui avait remise.

— Vous désirez l'arrêter sur-le-champ ?

— Surtout pas ; elle a encore beaucoup à m'apprendre. À mon tour de lui fixer rendez-vous.

La pianiste décrocha à la seconde sonnerie.

— Higgins à l'appareil ; pardon de vous importuner.

— Que se passe-t-il, inspecteur ?

— J'aimerais vous rencontrer dans un endroit tranquille.

— Les jardins du pavillon Vendôme vous conviendraient-ils ?

— À merveille ; vingt-deux heures trente vous paraît-il une heure convenable ?

— Ce soir ?

— Ce soir même.

— Est-ce si urgent ?

— Je le crains.

— Bien... je viendrai.

— Soyez-en remerciée.

L'ex-inspecteur-chef raccrocha, pensif.

— Quel piège lui tendez-vous ? demanda Marlow.

— Je n'en ai pas la moindre idée, mais l'inspiration viendra. L'essentiel est de maintenir cette femme dans un état d'angoisse qui lui fera avouer ce qu'elle sait vraiment ; peut-être ce soir.

— Vous avez à peine le temps de dîner !

— Un peu de bouillabaisse me suffira.

Le superintendant arborait une mine réjouie que Higgins connaissait bien ; elle signifiait que Marlow détenait une information essentielle qu'il tenait à exposer avec une solennité certaine. Possédant une longueur d'avance sur son collègue, il tenait à en jouir pleinement.

— N'auriez-vous pas appris quelque chose d'important ? demanda Higgins.

— J'ai reçu un passionnant rapport de Scotland Yard.

— Sur les activités de l'archevêque Thomas Youlgreave, je suppose ?

— Exactement.

— De quoi l'inculper ?

— Hélas non ! Mais tout de même... notre prélat est un grand amateur d'art ; dans son fief de Laxton, il fait représenter des mystères du Moyen Âge. Il y a trois ans, cependant, il a monté une pièce d'un autre ordre et tout à fait profane : *Les Noces de Figaro ;* surprenant, non ?

— « Tout à fait profane »... je n'en suis pas si sûr ; mais tel n'est pas notre sujet.

— Ce n'est pas tout, poursuivit le superintendant ; d'après le texte du programme distribué à cette époque, le metteur en scène n'était autre qu'Adonis Lempereur.

Higgins cessa de dîner pour prendre des notes.

— Passionnant, jugea-t-il ; nous utiliserons tout cela dès demain matin.

***

La douceur des jardins du pavillon Vendôme n'évoquait-elle pas la célèbre scène des *Noces* où Suzanne chantait sous les pins ? Soufflait une douce brise allégeant le cœur, la fontaine murmurait ; les fleurs étaient riantes, l'herbe dispensait sa fraîcheur, tout invitait aux plaisirs de l'amour. Sous les arbres éternellement verts, le moment ne venait-il pas de connaître enfin le bonheur, là où communiaient le ciel, la terre et la nuit ?

Mais qui viendrait ? Rose Wolferton ou son double ? Une femme sincère ou une intrigante portant un masque ? Higgins ne le savait pas encore ; aussi la regarda-t-il s'avancer vers lui sans idée préconçue. La pianiste avait revêtu une robe verte à bretelles au décolleté généreux.

— Quelle merveilleuse soirée, inspecteur ; seule la Provence est aussi enchanteresse. Parfois, je regrette de ne pas être née ici, de ne pas posséder cet accent chantant.

— Modifier son destin n'est pas chose facile ; le vôtre ne vous conviendrait-il pas ?

Elle caressa le tronc d'un cyprès, rejeta la tête en arrière et observa le ciel où brillaient des milliers d'étoiles.

— Tantôt oui, tantôt non... parfois je souhaite être une autre, oublier les concerts, le trac, les exigences du public. Mais j'aime la musique ; ne plus jouer les compositeurs que je vénère me condamnerait à dépérir.

Brusquement, elle devint très sèche, presque révoltée.

— Je n'ai pas l'intention de vous raconter ma vie. Pourquoi cette convocation ?

— Cet entretien, mademoiselle.

— À une heure pareille, vos motifs doivent être remarquables.

— J'ai une question essentielle à vous poser, en effet.

— N'hésitez plus.

Rose Wolferton se faisait provocante.

— Pourquoi me cachez-vous le ressentiment que

vous éprouvez à l'égard d'un des autres acteurs du drame ?

Higgins jouait un coup très hasardeux ; ignorant les faiblesses réelles de l'adversaire, il utilisait une stratégie ponctuelle qui ne donnerait peut-être aucun résultat. Le cadre, l'heure tardive, l'atmosphère mystérieuse de cette nuit d'été étaient pourtant propices aux confessions.

Rose Wolferton parut touchée au cœur ; elle fit quelques pas dans l'allée comme si elle s'en allait, revint en arrière, s'arrêta, repartit et s'arrêta à deux mètres de Higgins qui n'avait fait aucun geste pour la retenir.

— Comment avez-vous compris, inspecteur ?

— En vous regardant, mademoiselle.

Elle sourit.

— Vous êtes galant... je suppose que la machinerie policière s'est mise en marche et ne va pas tarder à me broyer : autant vous dire la vérité, j'obtiendrai peut-être les circonstances atténuantes.

— Je ne suis pas un tribunal.

— Vous me jugez quand même ; qui ne soupçonnerait pas une pianiste qui a rompu avec son principal organisateur de concerts... surtout s'il se nomme Albert-René de Montjoie et vient d'être assassiné.

— Qui a pris l'initiative, vous ou lui ?

Elle baissa les yeux.

— Lui. Avec un dédain et une cruauté que vous n'imaginez pas... je n'étais ni assez virtuose ni assez romantique. Trop classique, trop réservée... pas de quoi faire une grande vedette internationale. Et la musicalité, le respect des œuvres ? Aucune importance ! Je l'ai haï autant qu'on peut haïr et n'ai même pas tenté de négocier la violation de mon contrat. J'ai préféré accepter toutes ses conditions pour ne plus jamais le revoir.

— Vous vous trouviez pourtant sur l'estrade royale.

— Ma dernière invitation, c'est vrai... je ne voulais pas manquer cette occasion de faire parler de moi. Même sans l'appui du prince, ma carrière française continuera. À moins, bien sûr, qu'on ne me jette en prison.

— Vous avez un mobile sérieux en ce qui concerne l'assassinat du prince mais pourquoi supprimer Lady Godiva ?

Le regard incisif défia Higgins.

— À vous de trouver, inspecteur.

CHAPITRE XXIV

L'hôtel de Castillon s'éveillait doucement sous le soleil d'été lorsque Higgins et Marlow frappèrent à la porte d'Adonis Lempereur. Arraché à un sommeil profond, ce dernier tarda à ouvrir ; les cheveux ébouriffés, le pyjama rose fripé, le metteur en scène se frotta les yeux.

— Avez-vous vu l'heure, messieurs ?

— L'un de vos compatriotes a déclaré que l'avenir appartient aux gens qui se lèvent tôt, rappela Higgins ; nous nous préoccupons du vôtre.

— Du mien ? s'étonna Lempereur en se grattant l'oreille droite. J'ai bien envie de vous envoyer au diable !

— Il nous renverrait chez vous, dit Higgins, bonhomme ; autant gagner du temps, ne croyez-vous pas ?

Le metteur en scène, malgré un cerveau embrumé, distingua une certaine logique dans la proposition de l'ex-inspecteur-chef.

— Bon, entrez. Du café ?

— Volontiers.

Lempereur était peut-être un moderniste aux goûts discutables, mais il savait préparer un excellent arabica à l'arôme délicat ; Marlow ne refusa pas les toasts nappés de confiture d'abricots. Higgins laissa le temps à l'artiste français de se réveiller avant de l'interroger.

— Avez-vous travaillé à Laxton, monsieur Lempereur ?

Le metteur en scène cassa sa biscotte.

— L'archevêque, c'est ça ?

— Scotland Yard, rectifia Scott Marlow ; nos fichiers sont au point.

— J'ai travaillé à Laxton, d'accord.

— Pour mettre en scène *Les Noces de Figaro*.

— De la manière la plus classique qui soit ; en fait, ce n'était nullement une création. Je me suis contenté de mettre en place un banal jeu de scène. Ma vraie carrière n'avait pas débuté ; un simple exercice de style que je regrette un peu.

— Vous étiez donc un familier de l'archevêque.

— Pas du tout ; Laxton fut une banale opportunité à un moment où je manquais de travail.

— Où avez-vous vu l'archevêque ? interrogea Higgins.

— Dans son église, bien sûr, et chez lui.

— Dans son église, répéta l'ex-inspecteur-chef, pensif, en prenant note sur son carnet. Tout s'est bien passé ?

— À peu près.

— Pourquoi cette restriction ?

— Un incident bizarre, très bizarre même... il m'était sorti de l'esprit. J'aurais dû m'en souvenir plus tôt ; la mémoire est une faculté bien capricieuse.

— Si vous décriviez les faits ?

— Il s'agissait d'une représentation sans costumes et sans décors ; complets-veston pour les chanteurs, robes très sages pour les cantatrices. Un peu ennuyeux, je l'avoue ; afin de pimenter la situation, j'ai disposé sur la scène, lors du dernier acte, trois boîtes explosives d'où jaillissaient des confettis multicolores. L'archevêque n'a pas apprécié et s'est levé en criant : « On m'a trahi, on m'a trahi ! »

— À quel moment précis ?

— Un peu avant la scène du pardon. Vraiment étrange, non ? On jurerait que les événements se répètent !

***

La route Cézanne somnolait au soleil ; les ifs dressaient vers le ciel bleu leurs frêles silhouettes ; la terre rouge, ardente, gardait la mémoire d'innombrables étés où la Provence avait appris les secrets de la lumière.

Le château du Tholonet, au frais dans son écrin de verdure, bénéficiait de la protection de petites collines pierreuses, ultimes soubresauts du massif de Sainte-Victoire. Paysage hors du temps, mariage de la roche et des pins avec la bénédiction de l'azur, vision apaisée d'un monde où l'éternelle verdeur des arbres redonnait vigueur aux âmes les plus lasses.

— Cette chaleur m'épuise, déclara l'archevêque, et je regrette Laxton. Mais le cadre est agréable, il me permet de méditer et de songer au bien-être de mes ouailles. Je pense néanmoins partir demain si vous n'y voyez pas d'inconvénient.

— Hélas si, déplora Higgins.

Le prélat, vexé, tira sur les pans de sa redingote.

— Lequel ?

— Adonis Lempereur n'est-il pas l'un de vos amis ?

— Certainement pas.

— Pourtant, vous lui avez confié la mise en scène des *Noces de Figaro*.

— Un pur hasard : c'était le seul professionnel disponible et peu coûteux à ce moment-là ; mon archevêché n'est pas riche.

— Pourquoi avoir choisi cet opéra dans le cadre de votre festival religieux ? demanda le superintendant ; il ne correspond guère à la morale catholique.

— Ce n'est pas mon avis ; ne s'agit-il pas d'un hymne à la rédemption ? Lorsque la comtesse accorde son pardon au comte, c'est l'univers entier qui est purifié de ses fautes.

Marlow ne s'engagea pas sur ce terrain ; Higgins ne formula aucune objection mais scruta le regard de l'archevêque pour savoir s'il était sincère. Son jugement fut positif.

— Monseigneur, avança-t-il, vous vous êtes entretenu à plusieurs reprises avec Adonis Lempereur.

— Naturellement. Nous avions quantité de détails à régler.

— Comment s'est déroulée cette collaboration ?

Les narines du prélat se pincèrent, rendant son nez encore plus pointu.

— Plus ou moins bien. J'ai dû m'opposer fermement aux options modernistes de M. Lempereur ; il s'est heureusement rendu à la raison.

— En êtes-vous tout à fait certain ?

— Oui, bien sûr...

— N'oubliez-vous pas un détail ? insista Higgins.

— Peut-être... ma mémoire me joue parfois des tours.

— Selon votre metteur en scène, vous avez eu une curieuse intervention lors de cette fameuse scène du pardon.

Irrité, Thomas Youlgreave alluma nerveusement sa pipe.

— Eh bien, c'est la vérité ! Cet imbécile prétentieux — que Dieu me pardonne — a fait exploser sur scène des bombes à confettis au moment où la comtesse pardonne au comte. Je me suis levé et j'ai crié à la trahison ! N'auriez-vous pas agi de la même manière ?

Le regard inquiet de l'archevêque quêta une approbation.

— C'est tout de même fort étrange, constata Marlow, vous avez eu la même réaction, au même moment du même opéra.

— Simple concours de circonstances, affirma l'archevêque ; ces deux situations n'ont rien de comparable. Je le jure sur le Saint Nom du Seigneur.

— Avez-vous reçu Adonis Lempereur dans

votre église ? demanda Higgins dont l'œil perçant mit le prélat mal à l'aise.

— Il y est venu, en effet.

— Pour prier.

— Eh bien...

— Pour se confesser ?

— Eh bien... l'atmosphère sacrée de cet endroit, la présence divine...

— Il vous a donc ouvert son cœur.

— Le secret de la confession est inviolable.

CHAPITRE XXV

Higgins et Marlow déjeunèrent à la terrasse d'une auberge du Tholonet, sous la protection d'un parasol, face à la Sainte-Victoire qui changeait de couleur selon les caresses du soleil ; la montagne sainte de la Provence se parait de robes sombres, lumineuses, austères, chatoyantes ou charmeuses selon les heures du jour.

Melon, tomates, rougets composèrent un menu simple mais d'excellente qualité ; Higgins continua sa cure de vin de Cassis à laquelle Marlow participa avec un entrain digne d'éloge.

Les deux hommes dressèrent un bilan de leur action. Utilisant ses notes, Higgins résuma ses entretiens avec les divers témoins. Le superintendant apprécia cette marque de confiance ; d'ordinaire, l'ex-inspecteur-chef se montrait plutôt avare de confidences. Sans doute le fait d'évoluer en territoire étranger l'incitait-il à davantage de coopération.

— L'archevêque Thomas Youlgreave, Rose Wolferton, Anatole Grisnez, Adonis Lempereur,

Humbert Worcester... tous ceux-là ont réagi à notre coup de pied dans la fourmilière. Jenny Naseby, la régisseuse de Lady Godiva, et Adeline Lubéron, la soprano française, demeurent en retrait ; ces deux dames si différentes ne se laissent pas prendre au piège, dirait-on. Sont-elles innocentes ou beaucoup plus rusées que les autres ? Ou bien encore complices et décidées à rester dans l'ombre ?

— Ce sont des questions essentielles, constata Higgins, mais il est encore impossible d'y répondre.

— Jenny Naseby n'est pas une forte personnalité, jugea le superintendant. C'est une femme conventionnelle ; je ne la vois pas dans l'habit d'une meurtrière. Tuer ne se fait pas, d'après elle.

— L'argument est de poids, concéda Higgins.

— La petite Lubéron, en revanche, est beaucoup trop polie pour être honnête. Jolie, charmante, tout à son art... le tableau est vraiment trop idyllique. Je vous propose de nous pencher sur son cas ; nous devrions faire d'intéressantes découvertes.

— Excellente stratégie, mon cher Marlow.

Le superintendant, qui détestait pourtant quitter son bureau du Yard et redoutait la campagne, l'herbe et les arbres, se sentait régénéré par l'air et la lumière de Provence ; heureux d'obtenir l'approbation de son collègue pour la marche à suivre, il avait des ailes.

*
**

La jolie soprano reçut les policiers dans son

appartement du pavillon Vendôme ; elle répétait des lieder de Mozart dont l'apparente simplicité cachait de redoutables pièges techniques.

— Je suis si heureuse, confessa-t-elle ; le travail est léger, je progresse chaque jour.

— Avez-vous recueilli des éléments nouveaux sur le double meurtre ? demanda sèchement Marlow.

— Aucun, répondit-elle ; je ne sors guère d'ici. Ce serait un crime de ne pas profiter de cette période extraordinaire.

— Vos parents sont-ils encore vivants ? demanda Higgins.

— Ils habitent à Meyreuil, dans une petite maison ; désirez-vous que je vous indique l'endroit ?

— Volontiers, répondit Higgins en lui tendant une page vierge de son carnet ouvert ; pouvez-vous dessiner un plan pour nous y rendre ?

— Avec plaisir, ils seront contents d'avoir de la visite. Je leur téléphone tous les soirs, dites-leur bien que je suis très heureuse.

Adeline Lubéron dessina avec lenteur.

— Aucun témoin du drame ne vous a contactée ? s'enquit Marlow.

— Aucun, répondit-elle sans que son regard vacillât.

— Vous-même, avez-vous tenté de joindre l'une des personnes présentes sur l'estrade royale ?

— Oh non... je ne les connais pas du tout ; ma présence n'était justifiée que par mon prix.

— Avez-vous réfléchi à ce crime, mademoiselle ?

— J'en suis incapable ; la mort est si loin de moi ! Que l'on puisse tuer un autre être, fût-ce un petit animal, me paraît inconcevable.

Scott Marlow sortit bougon et insatisfait du pavillon Vendôme ; il bouscula un jardinier qui arrosait un massif de fleurs.

— Excusez-moi.

— Z'avez l'air bien nerveux m'sieur ! Chez nous, s'presser est un crime ; quand on prend son temps on gâche pas celui des autres.

— Je vous réitère mes excuses, mon ami, mais je vous dispense de vos recommandations morales.

— Bah ! Comme vous voudrez... moi, c'était pour dire.

Un taxi emmena Marlow et Higgins à Meyreuil ; il leur faudrait passer le minuscule pont des Trois-Sautets, haut lieu de la peinture britannique.

— Les jardins du pavillon Vendôme sont un endroit très fréquenté, observa Higgins. Avez-vous reconnu le jardinier ?

— Je ne comprends pas.

— Il s'agissait d'Anatole Grisnez, mon cher Marlow.

— Lui ? Mais c'est impossible ! Il n'y avait aucun point de ressemblance.

— C'est un extraordinaire maquilleur, convenons-en ; il sait tout réinventer : visage, expression, attitudes... mais il a commis une bourde.

— Laquelle ?

— Sa manière de parler : un vieux jardinier provençal ne s'exprimerait pas de cette manière-là. De plus, sa voix l'a trahi ; comme beaucoup d'artistes hyperdoués, il en fait trop. S'il s'était tu, je serais également tombé dans le piège.

— Donc, il nous espionne !

— Ou bien il espionne la petite Adeline.

— Ou bien ils sont complices, suggéra le superintendant.

— En ce cas, le concours était truqué.

Les parents de la jeune soprano reçurent les policiers avec un rare sens de l'hospitalité. Chaleureux, ravis d'entendre parler de leur fille, ils mirent aussitôt les petits plats dans les grands et improvisèrent une collation.

Ils parlèrent avec volubilité de leur progéniture. Adeline avait été une fillette adorable, obéissante, travailleuse, toujours prête à aider sa mère pour les tâches ménagères ; elle avait manifesté très tôt une passion pour la musique et suivi un chemin classique : flûte, piano, chorale, cours de chant. Devant ses dons évidents, son professeur avait sollicité une admission dans un conservatoire régional où elle avait été brillamment reçue ; puis, à quinze ans, elle avait dû quitter sa chère Provence pour étudier quelque temps à Lyon.

Quelques petits rôles ici ou là, une mince expérience professionnelle accompagnée de lettres régulières à ses parents qu'elle adorait et qu'elle venait voir aussi souvent que possible, un travail acharné sous la férule de pédagogues de plus en plus exigeants, et puis l'aventure du concours Mozart.

Chanteurs et chanteuses venus des quatre coins de l'Europe s'y étaient présentés ; Adeline Lubéron, consciente qu'elle n'avait aucune chance d'emporter le plus petit accessit, désirait simplement s'aguerrir. Aucun spécialiste n'avait cité son nom ; pas un seul membre du jury ne la connaissait.

Le miracle s'était produit ; chantant avec son cœur et une technique mûrie dans l'ombre, la jolie provençale, très douée pour la scène, avait devancé des candidates expérimentées. Ce succès inattendu ne lui avait pas tourné la tête ; au contraire, elle ne cherchait qu'à se perfectionner pour être digne de l'honneur qui venait de lui échoir.

Ses parents ne lui connaissaient aucun petit ami ; à dix-neuf ans, selon Adeline elle-même, rien ne pressait. Sa mère ajouta que le moindre flirt aurait vite été colporté par la rumeur.

À l'issue de cet entretien où avait régné la plus franche cordialité, Marlow se sentit très troublé ; aucune zone d'ombre n'entachait l'existence de la soprano. Obstiné, il consulta dans la journée même la presse française dont il ne percevait pas toutes les subtilités de langage mais que Higgins l'aida à déchiffrer ; nulle part, il n'était question d'un possible trucage du concours.

Cette plongée dans la presse ne fut cependant pas inutile ; en lisant le *Times* vieux de trois jours, Higgins découvrit un surprenant article.

CHAPITRE XXVI

— Prose vengeresse, estima l'ex-inspecteur-chef.

— Un article concernant nos suspects ?

— Quelques lignes de Humbert Worcester écrites à l'acide sulfurique contre Rose Wolferton et parues en Angleterre le jour de la représentation exceptionnelle des *Noces de Figaro* à Aix ; j'ai rarement lu critique plus méchante.

— Que reproche-t-il à la pianiste ?

— Pratiquement tout : manque de technique, fausse virtuosité, absence de musicalité, erreur permanente de tempo, rythmes aberrants, toucher comparable à celui d'un marteau piqueur... je vous épargne le reste. « Par bonheur, conclut-il, cette interprète de troisième ordre n'a pas été choisie pour tenir le clavecin lors de ces *Noces* données en présence de la Souveraine ; il reste encore un peu de bon sens dans le monde de la musique. »

— Terrifiant... la vengeance d'un amant trompé ?

— Possible.

— Croyez-vous qu'elle ait eu connaissance de ce texte avant le drame ?

— Allons lui demander.

***

Absente de chez elle, Rose Wolferton prenait un thé aux Deux Garçons, le premier endroit où Higgins songea à la chercher.

— Pouvons-nous nous asseoir ?

— Je vous en prie ; du thé ?

— Sacrifions plutôt aux coutumes locales : deux pastis.

— Je ne bois jamais d'alcool : très mauvais pour la mémoire et pour les doigts.

L'ex-inspecteur-chef posa négligemment le *Times* sur la table, ouvert à la bonne page ; Marlow vit la pianiste blêmir.

— Vous saviez donc... le sale type ! Cet article est un coup bas, une destruction systématique de ma carrière. Worcester est suffisamment écouté pour m'empêcher de jouer en Angleterre pendant longtemps. En Angleterre et ailleurs...

La jeune femme était au bord des larmes.

— Un critique ne fait pas le beau temps, dit Higgins, consolateur.

— Dans mon métier, si. Je croyais que Humbert était un ami... jusqu'à présent, aucun conflit ne nous avait opposés.

— Pardonnez cette question indiscrète...

— Nous n'étions pas amants, inspecteur ; seulement amis.

— Comment expliquez-vous une attaque aussi violente ?

— Jalousie. J'étais sur le point d'obtenir un énorme contrat : trois ans de tournées en Angleterre et dans le Commonwealth, dix grands concerts à Londres, avec l'intégrale des sonates de Beethoven. Humbert, bien entendu, était au courant. Nous étions convenus qu'il mettrait le point final à ce succès en publiant un article qui consacrerait ma qualité de vedette. Au lieu de ça...

Très abattue, Rose Wolferton but son thé à petites gorgées. À l'évidence, une violente tempête intérieure l'agitait ; Higgins laissa le cataclysme s'amplifier, persuadé que la pianiste ne résisterait plus très longtemps au torrent qui assaillait ses ultimes barrières.

— Moi aussi, dit-elle, je veux un pastis.

Elle en vida trois, coup sur coup ; ses joues rougirent.

— Puisque Humbert a tenté de m'anéantir, il le paiera.

Le visage enfantin de Rose Wolferton devint cruel ; le ressentiment céda la place à l'instinct de vengeance.

— Je vais vous dire la vérité, inspecteur.

Scott Marlow tressaillit ; la voix de la jeune femme était coupante comme la lame de la guillotine française.

— La vérité...

Elle accentua le mot avec une violence à peine contenue puis se réfugia dans un long mutisme. Scott Marlow l'aurait volontiers rompu mais, d'un regard insistant, Higgins l'en dissuada ; le superintendant connaissait assez son collègue pour apprécier l'importance du signal et ne pas passer outre.

Deux pastis supplémentaires brisèrent les ultimes résistances de Rose Wolferton.

— C'est grave, si grave...

— Pourquoi donc ? demanda Higgins avec douceur.

— Parce que ça ne concerne pas seulement Humbert.

— Qui d'autre ?

— Quelqu'un... quelqu'un de très important.

— Un autre témoin ?

— Non.

— L'une des deux victimes ?

— Oui.

— Lady Godiva ?

— Non.

— Le prince Albert-René de Montjoie ?

— Oui, le prince... le prince qui a été assassiné !

La pianiste semblait découvrir l'atroce vérité.

— Avez-vous assisté à la pièce de théâtre intitulée : *Pour qui fane le mimosa ?*

— Je n'ai pas eu ce plaisir, avoua Higgins.

— Parlez plutôt de consternation ; il s'agissait d'un abominable navet qui n'a tenu l'affiche que trois jours dans un théâtre intellectuel de Londres. Connaissez-vous le nom de l'auteur ?

— Humbert Worcester ?

— Vrai et faux, inspecteur. Vrai parce qu'il l'a écrite, faux parce qu'elle était signée Albert-René de Montjoie ! Humbert Worcester a consacré à son propre chef-d'œuvre une série d'articles dithyrambiques ; un producteur, convaincu, l'a remontée en province. Un peu modifiée pour flatter les bas instincts du public, elle finira par rapporter de l'argent.

— Et... c'est tout ? s'étonna Scott Marlow.

— Comment, c'est tout ! tonna Rose Wolferton. Je vous donne un indice capital qui relie un suspect sans cœur à l'une des deux victimes et ça vous paraît insuffisant ! Moi, à votre place, je saurais comment agir. Adieu, messieurs.

La pianiste se leva avec quelques difficultés et sortit des Deux Garçons d'un pas hésitant.

— Une maniaque et une furie, jugea le superintendant.

— Une artiste blessée et désespérée... donc prête à tout.

— La croyez-vous dangereuse ?

— Nous verrons bien.

CHAPITRE XXVIII

C'était jour de marché place des Prêcheurs ; sur les étals des marchands, légumes et fruits gorgés de soleil attiraient une clientèle nombreuse composée d'Aixoises et de touristes. Des brocanteurs faisaient également recette ; parmi des monceaux d'objets plus ou moins folkloriques gisaient quelques belles pièces. On se bousculait, on s'apostrophait, on regardait, on achetait dans une sympathique cohue d'où surnageait l'accent provençal, parfumé comme une pêche bien mûre.

Une pêche que dégustait Humbert Worcester, séduit par l'ambiance.

— Un fruit inimitable, dit une voix derrière lui.

Le critique se retourna.

— Vous ici, inspecteur ?

— Ce spectacle me réjouit, confessa Higgins. Il enchante l'œil et revigore l'esprit.

— M'auriez-vous suivi ?

— Un peu, monsieur Worcester.

La tête carrée du critique sembla se hausser pour exprimer un total dédain.

— Épieriez-vous mes faits et gestes ?

— Le terme est excessif.

— Vous me soupçonnez donc de meurtre.

— Comme chacune des personnes présentes sur l'estrade royale.

— Des indices contre moi ?

Une marchande brandit des poivrons devant le nez du critique ; deux ménagères s'en emparèrent et remplirent leur panier.

L'entretien dut se poursuivre un peu plus loin, dans un coin tranquille de la place des Prêcheurs.

— Laissez-moi réfléchir, indiqua Humbert Worcester, l'indice... mon article dans le *Times* ! Vous l'avez lu, n'est-ce pas ?

— Vous êtes très perspicace.

— Maigre indice... quel rapport avec le crime ?

— Aucun, en apparence, mais pourquoi tant de hargne contre Rose Wolferton ?

— Je déteste les médiocres ; comme cela arrive souvent, elle perd ses qualités de débutante. Je dois la décourager.

— Je possède un autre indice.

— Lié à l'article, je parie ! Elle vous a fait croire que j'étais l'auteur d'une pièce de théâtre signée par le comte... mais non, inspecteur, Albert-René de Montjoie avait un réel talent de dramaturge. Je l'ai affirmé bien haut et je ne le regrette pas. N'écoutez plus Rose Wolferton, inspecteur ; c'est une artiste finie. Dans quelques mois, tout le monde aura oublié son nom. Qu'elle veuille se venger de moi parce que j'ai dit la vérité est tout à fait normal ; mais cette réaction n'éclaircira guère vos investigations. Et puis vous ne savez pas tout d'elle...

— Consentirez-vous à m'informer ?

— Eh bien, oui ! Elle m'a probablement calomnié ; moi, je préfère dire la vérité. Connaissez-vous l'endroit où elle a donné son plus lucratif concert privé ? Je vous le donne en mille : l'archevêché de Laxton ! Surprenant, non ? Pour la première fois, vous obtenez un lien indéniable entre un témoin, notre chère Rose, et celui qui, en raison de sa très curieuse attitude, demeure le principal suspect. La pianiste et l'archevêque se connaissaient bien, sans doute... et sans doute ont-ils agi de concert ! Méditez là-dessus, inspecteur ; moi, je vais acheter des pêches.

Le critique se noya dans la foule.

***

Higgins et Marlow visitèrent l'exposition d'Anatole Grisnez ; l'étalage de costumes et de perruques ne passionna guère le superintendant que le monde des fanfreluches irritait au plus haut point. Mais Higgins tenait à revoir un certain nombre de pièces qu'il n'avait pu examiner à loisir lors de l'entrevue avec le Français. Il s'attarda sur la collection de grandes photographies montrant des artistes et des personnalités maquillés ou habillés par Grisnez ; c'était tout le Gotha de l'art lyrique qui défila devant les yeux de l'ex-inspecteur-chef.

Marlow ne cessait de regarder de droite et de gauche ; chaque visiteur lui paraissait suspect. Anatole Grisnez ne se dissimulait-il pas sous les traits de ce vieux monsieur s'appuyant sur une canne ou de cette élégante au grand chapeau ?

— Regardez, recommanda Higgins. On dirait bien...

— Mais oui, approuva Marlow, c'est Lady Godiva ! Elle est coiffée à peu près de la même manière que le jour de ses noces. Voilà une personne très fidèle à ses habitudes.

— D'après la date, la photo remonte à une dizaine d'années, remarqua Higgins ; elle n'avait pas changé.

Un étudiant barbu se glissa entre les deux policiers.

— Ne monopolisez pas la place, grogna-t-il, chacun a le droit d'admirer, non ?

— Soyez poli, exigea le superintendant. Ah, je comprends... Anatole Grisnez déguisé !

D'un coup sec, Marlow tira sur la barbe. L'étudiant cria.

— Vous êtes fou ou quoi ? Je vais appeler la police, moi !

— Une simple plaisanterie, indiqua Higgins ; ne vous en offusquez pas ; à belle barbe longue vie, prétend le proverbe.

L'étudiant ne se déridait pas ; Marlow eut un sourire gêné et préféra battre en retraite.

— Ce Grisnez me fera tourner en bourrique, avoua-t-il à son collègue ; comment s'occuper d'un suspect qui change sans arrêt de visage ? Il faudrait arrêter ce bougre-là, lui attribuer un unique costume et l'empêcher d'en changer. Me ridiculiser ainsi... c'est insupportable !

Scott Marlow, vexé, grommela jusqu'à l'hôtel du Poët ; avant d'entrer dans leur appartement, Higgins s'immobilisa, ouvrit son carnet et prit quelques notes rapides. Le superintendant poussa la porte avec hargne.

— Jamais le Yard n'avait été ridiculisé de la sorte !

— Attention, mon cher Marlow, vous marchez sur un pli officiel.

Le superintendant se baissa et ramassa machinalement l'enveloppe brune.

— En Angleterre, ce petit monsieur aurait été accusé d'injure à la police de Sa Majesté.

Les yeux de Marlow tombèrent sur les caractères inscrits sur l'enveloppe.

— Ce message provient précisément du Yard et il m'est destiné.

Le superintendant décacheta nerveusement.

— Un rapport d'expertise, Higgins.

Au fur et à mesure de la lecture, le regard de Marlow s'illumina.

— Un sacré rapport, Higgins ! Ça, je vous le garantis. Cette fois, nous le tenons… les solutions les plus simples sont souvent les meilleures.

CHAPITRE XXVIII

L'archevêque Thomas Youlgreave paraissait d'excellente humeur ; son air de lutin était particulièrement marqué.

— Heureux de vous revoir, messieurs. Avez-vous enfin éclairci cette ténébreuse affaire ?

— Je crois que oui, répondit Marlow avec un sourire féroce.

— Dieu soit loué ! À moi, vous pouvez le dire : qui est le coupable ?

— Nous allons prendre le problème sous un autre angle, indiqua le superintendant : celui de vos empreintes.

Higgins, silencieux, observa le comportement du prélat.

— La police française a eu la bonté de nous les communiquer et nous avons procédé aux vérifications nécessaires, poursuivit Marlow. Celles que vous avez imprimées ici sur divers objets correspondent bien à celles que vous avez apposées sur divers objets religieux, à Laxton.

L'archevêque alluma sa pipe, nerveux.

— Une véritable histoire d'espionnage ! Me prendrait-on pour l'ennemi public numéro un ?

— Il existe des points communs, en effet ; voilà trente et un ans, un train postal a été attaqué près de Laxton. Il contenait une petite somme d'argent ; aucune victime, mais le butin envolé et jamais retrouvé. Un seul indice : des empreintes, soigneusement enregistrées dans les archives du Yard. En raison de la modicité du délit, l'enquête n'a pas été poussée très loin, mais un archiviste pointilleux a conservé la fiche, persuadé que l'auteur de ce vol recommencerait. Il se trompait, mais l'avenir a quand même souri au Yard ; ces empreintes, ce sont les vôtres !

Les lèvres de Thomas Youlgreave s'entrouvrirent et sa pipe tomba sur le sol.

— Qu'est-ce que vous racontez ? C'est absurde !

Higgins ramassa le précieux objet.

— Par bonheur, elle n'est pas cassée ; vous avez eu de la chance, Monseigneur.

L'archevêque se tourna vers l'ex-inspecteur-chef.

— Votre collègue divague... expliquez-lui qu'il se trompe !

— Je crains que non, déplora Higgins. Le dossier qui nous est parvenu est malheureusement très précis. Désirez-vous en examiner la pièce la plus importante ?

L'ex-inspecteur-chef présenta le texte du rapport au prélat, tenant le document à plus d'un mètre de Thomas Youlgreave.

— Que pensez-vous de ces deux dernières lignes ?

— Eh bien... si vous pouviez vous rapprocher...

— Bien entendu.

L'archevêque fut contraint de franchir une partie de la distance qui le séparait du texte ; à une dizaine de centimètres, il parvint à lire les conclusions du rapport.

— Vous êtes très myope, constata Higgins.

— Il y a du vrai.

— Pourquoi ne portez-vous pas de lunettes ?

— Elles me défigureraient, c'est évident ! Je n'ai jamais porté ces horreurs et n'en porterai jamais.

— Revenons à notre sujet, exigea Marlow ; vous devrez me fournir votre emploi du temps pour le jour et l'heure du vol ; vous devrez également m'expliquer pourquoi l'église de Laxton a bénéficié d'importantes restaurations un mois après ce larcin.

La large bouche de l'archevêque s'évasa en une moue attristante.

— Est-il nécessaire de ressusciter cette vieille histoire ?

— La résurrection relève plutôt de votre compétence, rappela Higgins ; Scotland Yard se contente de faits précis.

— Comptez-vous entreprendre une enquête à Laxton même ?

— Nous n'avons pas le choix, déplora Marlow.

— La plupart de mes ouailles sont fort mécontentes des soupçons formulés à mon égard ; si vous m'accusez d'être un voleur, vous risquez de provoquer une émeute. Je suis très populaire, chez moi.

— Est-ce une raison suffisante pour oublier vos méfaits ?

— La preuve...

— La preuve, nous l'avons, rappela Marlow.

— Vous montez en épingle un incident mineur, superintendant.

— « Incident mineur », un vol ?

— Ce n'était pas vraiment un vol.

L'archevêque vida sa pipe, la bourra à nouveau, vérifia sa solidité et la ralluma.

— Ni attentat, ni violence, ni acte répréhensible... en fait, le conducteur du train et le gardien du wagon étaient de bons chrétiens.

— A savoir ?

— Ils voulaient faire un don à mes bonnes œuvres et ne savaient comment s'y prendre.

— Et vous les avez aidés à trouver un bon moyen.

— En quelque sorte.

— Vous êtes donc monté dans ce wagon, à la suite d'un arrêt du train provoqué par le conducteur, et vous avez reçu un sac postal contenant de l'argent liquide.

— Un don généreux et indispensable pour maintenir l'église de Laxton en bon état ! Si vous aviez vu l'état de ce malheureux édifice... une misère, pan de mur en ruine, portail rongé aux vers, toiture en partie effondrée... sans cette intervention céleste, la maison du Seigneur se serait sans doute effondrée. La refuser eût été un péché.

— Vous avouez, conclut le superintendant, triomphant.

— Devant n'importe quel tribunal, je plaiderai non coupable et obtiendrai gain de cause ! Tous les trois, nous avons agi pour la gloire de Dieu.

Scott Marlow jugea le terrain moins sûr qu'il ne l'avait cru ; ce maudit archevêque était bien capable d'utiliser cette argumentation devant un jury et de convaincre des esprits faibles. Si l'Église catholique partait en guerre contre Scotland Yard, Dieu sait quelle en serait l'issue.

— Que sont devenus vos deux complices ? interrogea Higgins.

— Burton et Neel ? Ils sont morts depuis longtemps ; le premier d'une cirrhose très ancienne, le second d'une maladie pulmonaire. Vous pouvez vérifier.

— Nous vérifierons, promit Marlow.

— Par conséquent, conclut Higgins, le secret a été bien gardé.

— On ne peut mieux, inspecteur.

La fumée de la pipe s'éleva en volutes.

CHAPITRE XXIX

Les amis de Higgins formaient une véritable communauté de pensée ; s'entraider en toutes circonstances était leur loi. À plusieurs reprises, au cours de l'année, ils célébraient des banquets fort joyeux et copieusement arrosés d'excellents crus nécessaires à une bonne santé physique et morale ; ces réunions étaient baptisées « séminaires d'érudition » afin que Mary, la redoutable gouvernante qui veillait sur la demeure familiale de Higgins, ne se doutât de rien.

William Stafford, directeur de théâtre, appartenait à ce cercle très fermé ; ressemblant à Orson Welles, ce personnage truculent, spécialiste de Shakespeare, savait tout ce qui se passait dans le monde du spectacle. Recevoir un appel de Higgins le mit en joie.

— Où se trouve-t-on, fier Sicambre ? En France... mieux encore, à Aix-en-Provence, la nouvelle patrie de Mozart ! Ce n'est pas pour te déplaire... ah, un double meurtre... oui, c'est moins bien. J'en ai entendu parler, évidemment...

que veux-tu savoir ? Je prends note de tes questions et je consulte ma documentation. Rappelle-moi dans une heure.

Ainsi fut fait.

— Le prince Albert-René de Montjoie, déclara William Stafford, est bien un grand amateur d'art et de théâtre en particulier ; quant à Humbert Worcester, c'est un critique redouté et influent qui fait et défait des réputations. Tout ce qu'il t'a dit est parfaitement exact, sauf sur un point : la pièce *Pour qui fane le mimosa ;* bien qu'elle soit officiellement signée par le prince, c'est lui, Worcester, qui en est l'auteur.

— En détiens-tu la preuve ? interrogea l'ex-inspecteur-chef.

La plus évidente qui soit : il touche tous les droits. Un mot de la Société des auteurs de théâtre te le confirmera.

— Quel est le sujet de cette belle œuvre ?

— L'opposition entre une famille appartenant à la *upper class* et une autre à la *lower class ;* le fils, très riche, veut épouser la fille, très pauvre ; les deux clans sont en désaccord total. Les deux jeunes gens persistent ; il lui donne un filtre qui permettra à la jeune fille de simuler la mort. Mais l'affaire prend mauvaise tournure, elle meurt vraiment, et...

— Ne me racontes-tu pas une version tardive de *Roméo et Juliette* ?

— Je le redoute.

— En ce cas, c'est le grand Will qui aurait dû toucher les droits.

— Un dernier détail, Higgins : le titre définitif de la pièce a été imposé au dernier moment par le prince, car le héros dépose une branche de mimosa sur le cadavre de l'héroïne. Humbert Worcester voulait un titre très différent.

— Lequel ?

— *Double meurtre.*

*
**

— *Double meurtre ?* Oui, c'était mon titre, avoua Humbert Worcester ; il correspondait beaucoup mieux à la pièce.

— Pourquoi ? s'étonna Higgins. Le héros n'a pas voulu tuer sa fiancée, et lui-même se suicide, je suppose ?

— Exact.

— Où sont les meurtres ?

Le critique, excédé, haussa les épaules et se colla le bout de l'index droit sur le front.

— Dans la tête, inspecteur, dans la tête ! Il croit l'aimer et, en réalité, il veut la supprimer car elle gêne son ascension sociale ; et puis tout suicide est un meurtre : le « moi » supprime le « soi ».

— Trêve de philosophie, intervint Scott Marlow : vous nous avez menti. L'auteur de cette pièce, c'est bien vous : voici copie de votre contrat déposé auprès de la Société des auteurs dramatiques.

Le critique haussa le col.

— Bel abus en matière de droit ! Je vous poursuivrai, superintendant !

— Faites un procès au Yard et vous le perdrez. Oublieriez-vous que nous recherchons un assassin ? Votre pièce s'appelait *Double meurtre,* monsieur Worcester ; elle traitait d'un mariage impossible où les deux époux finissent tragiquement. Beaucoup de coïncidences, non ?

— Coïncidences, sans plus.

— Il y a un plus, poursuivit le superintendant : vous êtes très directement relié à l'une des victimes, le prince Albert-René de Montjoie. Une querelle n'aurait-elle pas éclaté entre vous, par exemple à propos des revenus de cette pièce, en cas de succès ?

— Ridicule ! Le prince n'avait pas besoin d'argent.

— Vous avez menti, rappela Higgins.

D'un geste ample au cours duquel son long fume-cigarette décrivit une courbe magistrale, Humbert Worcester balaya l'argument.

— L'existence n'est-elle pas une accumulation de mensonges ? Comédie, tragédie sont des masques sans cesse ôtés, sans cesse remis... Je me cache derrière moi-même, voilà tout ! N'en est-il pas de même pour vous ?

— Votre jeu de scène est assez intéressant, reconnut Higgins, mais vous demeurez critique et non acteur, il vous manque une certaine puissance de conviction.

Humbert Worcester considéra Higgins avec étonnement ; jamais on ne lui avait parlé de la sorte.

— Vous... vous me critiquez ?

— Simple analyse de votre comportement.

— Pourquoi avez-vous tué le prince ? demanda Scott Marlow. Vous êtes le seul témoin lié d'aussi près à la victime.

Le critique explosa.

— Le seul ? Certainement pas ! Puisque vous me poussez dans mes ultimes retranchements, tant pis pour elle ! Savez-vous qui était la dernière maîtresse d'Albert-René de Montjoie avant qu'il ne rompe pour se marier ?

Higgins trembla intérieurement ; il craignit d'entendre un nom.

— Cette traînée de Rose Wolferton ! cria le critique, en proie à un accès de fureur vengeresse. Elle a repoussé mes avances pour se précipiter dans le lit d'un prince français... grave erreur de stratégie ! Elle croyait qu'il lui apporterait la fortune et la gloire et il en a épousé une autre. Pauvre Rose ! Abandonnée par son puissant mécène ! Cela ne vous suffit-il pas comme lien très direct ? Cela ne vous procure-t-il pas le meilleur des mobiles, la vengeance d'une femme bafouée qui supprime son amant et la rivale qui l'a éclipsée ? Moi, je me suis contenté d'une autre vengeance : un papier assassin. Insulter un Humbert Worcester en l'écartant de sa route... pour qui se prenait cette petite Wolferton ? Elle a tout perdu et c'est justice ; avec moi, elle aurait connu une carrière fabuleuse ; sans moi, elle retourne à l'anonymat. Envoyez-la en prison avant qu'elle n'essaye de me tuer, messieurs. Je vous rends personnellement responsables de ma sécurité.

CHAPITRE XXX

Humbert Worcester, après avoir critiqué le jeu de la pianiste en des termes d'une violence inouïe, s'était brusquement calmé. D'une voix glaciale, il avait révélé à Higgins et à Marlow un fait particulièrement grave qui justifiait la présence des deux hommes à l'hôtel d'Espagnet.

— Pourquoi cet air sombre, messieurs ? s'étonna Rose Wolferton, charmante dans son corsage vert et sa jupe légère de même couleur.

— Vous êtes une personne très sensible, rappela Higgins.

— C'est vrai... surtout au bruit. Je le supporte de moins en moins.

En êtes vous certaine ?

Les yeux inquiets de l'artiste s'élargirent.

— Puisque je vous le dis !

— Quels sont vos loisirs favoris, mademoiselle ?

— Je... je ne comprends pas votre question.

— Répondez, exigea Marlow, incisif.

La jeune femme virevolta, évitant le regard de ses interlocuteurs.

— Je ne sais pas... la promenade, un peu de gymnastique...

— Vous aviez une distraction favorite, très spécifique, qui ne peut se confondre avec aucune autre.

Rose Wolferton se terra dans un coin du salon.

— Vous... vous avez fini par découvrir...

— Que vous êtes un tireur d'élite, précisa Higgins. Sangliers en bois, pigeons d'argile, cibles mobiles... votre don était si éclatant que vous avez même été présélectionnée dans l'équipe d'Angleterre destinée à participer aux Jeux olympiques. En raison d'une carrière musicale prometteuse, vous avez refusé d'aller plus loin et troqué le fusil contre le piano ; mais sans doute continuez-vous à vous entraîner.

— Pas du tout ! se révolta-t-elle ; j'ai cessé de pratiquer le tir à l'âge de vingt ans et j'ai perdu la main. Qui ose prétendre le contraire ?

— Humbert Worcester, révéla Scott Marlow.

— Ma parole contre la sienne.

***

Le commissaire Papassaudi semblait d'excellente humeur.

— Merci d'être venus si vite, mes chers collègues ; j'ai un dossier curieux à vous communiquer ; il concerne une personne de qualité tout à fait insoupçonnable.

Higgins demeura impassible, bien qu'il redoutât une mauvaise surprise.

— Une compatriote ? s'inquiéta le superintendant.

— Jenny Naseby, murmura le commissaire.

— Des preuves contre elle ?

— Ce serait trop beau... vous savez sans doute que notre bonne ville d'Aix est très accueillante aux commerces de luxe ; des calissons aux plus belles robes, les tentations ne manquent pas. Que les élégantes s'en réjouissent, pourquoi pas ? Mais on m'a signalé que Mlle Naseby, depuis deux jours, ne cessait de faire des achats fort dispendieux ; en clair, une petite fortune. Ne serait-il pas souhaitable de vous renseigner sur le montant de ses revenus ?

« Il se paye notre tête, pensa Scott Marlow ; parce qu'il s'agit d'une Anglaise, il la persécute par personnes interposées et c'est nous qu'il charge de cette basse besogne. »

— En savez-vous davantage ? s'enquit Higgins.

— Réellement, non. Comme ma propre enquête demeure au point mort, je saute sur le moindre début de piste. Et de votre côté, messieurs, des résultats ?

— Oui, déclara Higgins.

Marlow dissimula difficilement sa stupéfaction ; d'ordinaire, l'ex-inspecteur-chef n'accordait pas à n'importe qui ce genre de confidences.

— Peut-on les connaître ?

— Si vous le souhaitez, répondit Higgins, énigmatique.

— Pourquoi ne le souhaiterais-je pas ?

— Parce que ces résultats ne semblent pas

concerner le double meurtre mais la vie privée de personnes... de qualité.

Le commissaire Papassaudi avala deux pilules contre les crampes d'estomac ; ce genre d'allusion lui faisait sécréter de la bile.

— Vous ne voulez quand même pas parler du prince Albert-René de Montjoie ?

Higgins se leva, ouvrit son carnet noir à l'une des pages concernant la victime et la présenta au policier français.

— Je peux lire ?

— Je vous en prie, commissaire.

Octave Papassaudi s'appliqua.

— Il y a une petite difficulté... je comprends assez mal l'anglais.

— Pardonnez-moi cette indélicatesse.

Higgins tourna une page.

— Voici un résumé en français.

Le commissaire se pencha à nouveau sur la fine écriture de Higgins.

— C'est très lisible, reconnut Octave Papassaudi.

Le visage du policier français s'assombrit au fur et à mesure de ses découvertes. Ce carnet noir lui apparut soudain comme un véritable chaudron tout droit sorti de l'enfer.

— Toute cette affaire est bien pénible, avança-t-il.

— La mort d'un couple promis à un grand bonheur est un drame abominable, appuya Higgins.

— Un couple où figurait une personnalité importante, inspecteur. Vous devez bien comprendre que le prince était un homme généreux, très généreux, qui avait beaucoup d'amis ; sa carrière politique s'annonçait brillante. Si notre enquête devait aboutir à salir sa mémoire, mieux vaudrait l'abandonner.

Scott Marlow s'insurgea.

— Nous devons identifier l'assassin et l'arrêter !

— Nos méthodes sont très différentes, expliqua le commissaire, un peu gêné ; ici, nous devons tenir compte de certaines réalités. Les circonstances locales... il faut comprendre.

Le visage fermé du superintendant prouvait qu'il refusait toute pitié. Higgins reprit son carnet.

— Le prince de Montjoie était forcément un homme respectable, affirma Octave Papassaudi ; personne ne doit démontrer le contraire. Que ma propre enquête piétine est bien ennuyeux ; la vôtre, mes chers collègues, devrait déboucher sur un assassin présentable.

CHAPITRE XXXI

Marlow, boudeur, devait se rendre à l'évidence.

— Il nous faut interroger Jenny Naseby et vérifier les assertions de ce commissaire, se plaignit-il.

— Certes, mais rien ne presse.

— Comment ?

— En Provence, le temps s'écoule plus paisiblement qu'ailleurs ; nous hâter serait une erreur. Mlle Naseby ne s'enfuira pas.

Le superintendant se demanda si la chaleur du Midi ne diminuait pas les facultés rationnelles de son collègue ; Higgins devenait presque indolent, comme s'il se désintéressait d'une affaire où, pourtant, aucune lueur ne perçait les ténèbres.

— Je dois vous rappeler, Higgins, que mon honneur et ma réputation…

— Je ne l'oublie pas, superintendant ; goûtez le charme de cette cité d'un autre âge, humez cet air parfumé, écoutez ces mélodies mozartiennes qui jaillissent au détour d'une ruelle. Nous traversons un petit paradis, mon cher Marlow.

Le superintendant ne l'entendait pas de cette

oreille ; Londres était la plus belle ville de la planète et seul le quartier du Yard méritait d'abriter des policiers dignes de ce nom. Que Higgins fût sensible aux sirènes provençales frisait la faute professionnelle ; aussi Marlow se dresserait-il en travers de sa route pour le ramener sur celle du devoir.

— Vous me trouverez peut-être inconvenant, Higgins, mais j'aimerais connaître votre plan.

— J'aimerais en savoir davantage sur le compte d'Adeline Lubéron.

— Ah... félicitations. Je ne peux qu'approuver cette démarche.

Higgins et Marlow passèrent leur journée à s'entretenir avec des musiciens, des machinistes, des patrons de café, des libraires, des marchands de fleurs, des vendeurs de cartes postales et avec quelques autres représentants de la vie aixoise. Dans la plupart des cas, ils reçurent un excellent accueil et personne n'hésita à parler d'Adeline Lubéron, de son enfance, de son adolescence et de ses parents.

Ni Higgins ni Marlow ne relevèrent la plus petite divergence dans les propos de leurs interlocuteurs ; tous s'accordèrent à vanter les mérites de la jeune cantatrice, son amour filial, son sérieux, son goût du travail bien fait et son inaltérable gentillesse.

— Une unanimité incroyable, constata le superintendant. Un ange tombé du ciel !

— Les miracles existent.

— Du point de vue de la police scientifique, ce sont des illusions.

— Cette jeune fille paraît pourtant bien vivante.
— Comment croire à tant de beauté, de pureté, d'innocence…
— Innocence… voilà un mot bien difficile à utiliser. Eh bien, interrogeons Jenny Naseby.

*
**

La régisseuse sortait de chez elle lorsque les deux policiers s'engagèrent dans la rue d'Italie ; peu avant l'heure de la fermeture des magasins, une foule nombreuse déambulait. L'Anglaise, en raison d'une très grande élégance, tranchait sur les badauds. Son tailleur, provenant de la boutique d'un grand couturier, ajoutait à sa prestance naturelle. Plus trace de cheveux grisonnants : une teinture auburn rajeunissait Jenny Naseby d'au moins dix ans.
— Pardonnez-nous cette intrusion, mademoiselle, commença Higgins ; pouvez-vous nous accorder un entretien ?
La régisseuse, surprise, sursauta.
— Oh ! Je ne m'attendais pas… Voulez-vous… marcher ? La fin de soirée est si douce…
— Volontiers.
Marlow aurait préféré sacrifier au rite du pastis mais il s'engagea sans déplaisir sur le cours Mirabeau. Jenny Naseby marcha très lentement, se laissant admirer par les passants.
— Je m'habitue à cette ville, inspecteur. Pas vous ?

— Elle vous métamorphose.

— Vraiment ?

— Vraiment ; mais toute métamorphose peut s'expliquer.

— S'expliquer ? Dans quel domaine ?

— Disons... le domaine financier.

Le rose monta aux joues de Jenny Naseby.

— Je ne vous suis pas.

— C'est pourtant simple, indiqua Higgins, et malheureusement fort trivial : vous dépensez beaucoup d'argent.

— Ne croyez pas ça... je sais acheter, voilà tout.

— Vous me faites beaucoup de peine.

— Pourquoi ? s'étonna-t-elle.

— Parce que vous me prenez pour un idiot.

— Inspecteur ! Comment supposez-vous...

— Êtes-vous fortunée ?

— Non, bien sûr que non !

— En ce cas, expliquez-nous l'origine des fonds qui vous permettent de telles dépenses.

Jenny Naseby ressembla à une bête aux abois.

— Je... c'était une erreur... j'ai acheté à crédit....

— Nous vérifierons l'état de votre compte en banque, intervint Scott Marlow.

La régisseuse s'arrêta brusquement.

— Non, implora-t-elle, non, ne faites pas ça... c'est une petite banque ! La police, une enquête, ma réputation, de quoi aurais-je l'air... pas ça, je vous en supplie !

— Recouvrez votre calme, conseilla Higgins ; marchons vers la fontaine.

Les ors de la fin du jour teintaient les pierres des hôtels particuliers ; d'instinct, les promeneurs devenaient plus nonchalants. Le temps se ralentissait, l'occident rougeoyait, les hirondelles jouaient au-dessus des platanes.

— Votre compte en banque est donc bien garni, conclut Higgins.

— Anormalement garni, précisa Marlow, et sans commune mesure avec celui d'une fidèle intendante.

Jenny Naseby se rebella.

— J'ai été fidèle aux Corby et je le suis restée ; je ne vous permets pas d'émettre un doute sur ce point. Personne ne peut rien me reprocher ; j'ai veillé sur le domaine avec un soin jaloux. Rien n'y a jamais manqué et Lord Corby a pu se vanter de ma compétence.

— Évoquez-vous le père de Lady Godiva ?

— Oui... lui-même.

Le jour fléchissait ; bientôt, il perdrait son combat contre une nuit chaude, ensorcelante, propice à la musique du ciel étoilé.

— C'est donc le père de l'actuelle Lady Godiva qui a déposé des sommes non négligeables sur votre compte en banque afin de vous remercier de vos services exceptionnels.

La conclusion de Higgins fit pâlir Jenny Naseby.

— Oui... non... je veux dire oui...

— Décidez-vous, exigea Marlow.

Les rayons du soleil mourant jouaient avec les cascades de la grande fontaine, au bas du cours

Mirabeau. La journée d'été s'achevait en une apothéose de couleurs chaudes.

— Services exceptionnels, répéta Higgins : sommes-nous bien d'accord sur ce terme ?

Une ride creusa la joue gauche de la régisseuse.

— Je n'ai pas le droit de répondre, inspecteur.

CHAPITRE XXXII

La réponse irrita le superintendant qui faillit prendre la mouche ; Jenny Naseby n'avouait-elle pas une faute, peut-être un crime ? Cette fois, l'enquête prenait bonne tournure.

— Pourquoi, n'avez-vous pas le droit de dire la vérité ? Je vais vous aider, annonça Higgins, conciliant.

— De quelle manière ? s'inquiéta la régisseuse.

— En vous posant les bonnes questions qui attireront les bonnes réponses.

— Est-ce bien nécessaire... mon rôle est si secondaire dans cette affaire.

— Ce n'est pas mon avis.

— Vous vous méprenez sur mon compte ; je ne suis qu'une employée modèle.

— Précisément ; voilà pourquoi vous pourrez évoquer avec quelque précision Lady Godiva.

Jenny Naseby eut un haut-le-cœur.

— Non... je n'y tiens pas. Une domestique ne doit rien dire sur sa patronne... ce serait indécent.

— Je suis une tombe, assura Higgins ; il est

temps de s'occuper enfin de la seconde victime du double meurtre, ne croyez-vous pas ? On m'a beaucoup parlé du prince et fort peu de son épouse ; vous seule êtes capable de le faire.

— Je n'y tiens pas, inspecteur… vraiment pas !

Scott Marlow guettait la moindre réaction de la régisseuse ; elle était si troublée qu'elle songeait peut-être à prendre la fuite. Pour la première fois depuis le début de l'enquête, le superintendant sentit qu'une piste sérieuse s'ouvrait enfin.

— C'est pourquoi je vais vous aider, dit Higgins, conciliant.

L'ex-inspecteur-chef proposa à son interlocutrice de s'asseoir à la terrasse d'un café, face à la superbe fontaine dressée au centre de la place ronde ; comme Scott Marlow, elle accepta une coupe de champagne. Aérien, aristocratique, le liquide doré convenait à merveille à ce début de soirée aixois.

— Avez-vous visité l'exposition d'Anatole Grisnez ?

— Non, répondit Jenny Naseby.

— Elle est pourtant fort intéressante.

— Les costumes de théâtre ne me passionnent guère.

— Je pensais surtout aux photographies, précisa Higgins. L'une d'elles est un remarquable portrait de Lady Godiva ; elle doit avoir dix-huit ans au plus mais ses traits sont parfaitement identifiables. Sa présence dans cette exposition indique qu'elle a touché de près l'art lyrique.

— C'est vrai, admit la régisseuse.

— Quand a-t-elle commencé le chant ?

— Très tôt.

— Par obligation ou par passion ?

— Par passion, inspecteur. Elle était très douée.

— Fut-elle tentée par une carrière ?

— Elle y a songé.

— A-t-elle chanté sur scène ?

— Une seule fois.

— Dans une représentation des *Noces de Figaro ?*

— Oui... je crois. Dans le rôle de Chérubin.

— Pourquoi n'a-t-elle pas continué ?

— Sa prestation l'a déçue ; il y eut les études, puis la guerre. Cette guerre fut une véritable tragédie... tant de morts, tant de disparitions.

— Comment les Corby vécurent-ils les événements ?

— Le père de Lady Godiva fut si bouleversé par le déclenchement du conflit qu'il en mourut ; c'était un homme malade et usé.

— Usé par un lourd secret.

La régisseuse, après s'être un peu détendue, se referma comme une huître.

— Je dois vous révéler, mademoiselle Naseby, que les compétences techniques d'un de mes amis, colonel de surcroît, me permettent d'être fort bien renseigné sur cette période ; mentir serait donc tout à fait inutile... par exemple sur la date du décès du vieux lord.

— Je... ma mémoire...

— Votre mémoire est excellente.

Le regard de Higgins se fit sévère ; la régisseuse n'y résista pas.

— Je m'en souviens, à présent ; il est mort pendant cet affreux conflit.

— Une nouvelle précise a-t-elle précipité son décès ?

Elle se cacha la tête dans les mains.

— Je ne sais plus.

Scott Marlow aurait volontiers recouru à une méthode plus directe que celle de Higgins ; mais ce dernier, gagné par la douceur de la nuit provençale, tardait à pousser la régisseuse dans ses derniers retranchements.

— Où résidait Lady Godiva pendant la guerre ?

Jenny Naseby hésita.

— Eh bien... elle a voulu se battre ; demeurer chez elle lui apparaissait comme la plus grande des lâchetés. Malgré l'avis de son père, elle s'est engagée comme infirmière et s'est comportée comme une véritable héroïne ; Lady Godiva a toujours ignoré la peur.

— Son père, un des premiers aviateurs de combat, a dû être fier d'elle.

— Très fier, en effet.

— Jusqu'au jour où cette terrible nouvelle l'a troublé au point d'entraîner sa mort.

La régisseuse vida d'un trait son verre de champagne.

— Comment... comment le savez-vous ?

— Je le déduis de vos propos.

— Quelle était cette nouvelle ? demanda Scott Marlow, impatient.

— Je vous l'ai dit... je n'ai pas le droit !

— Voyons, mademoiselle Naseby, que craignez-vous ?

— J'ai donné ma parole.

— Je vous aiderai une dernière fois, concéda Higgins. Ne s'agirait-il pas du mariage de Lady Godiva avec le prince Albert-René de Montjoie ?

La régisseuse hocha affirmativement la tête.

CHAPITRE XXXIII

— Encore toi, vieux forban ! s'exclama le colonel MacCrombie. Serais-je devenu le pivot de tes crimes ?

— Tout est possible, Arthur. As-tu des dossiers sur les femmes qui sont devenues infirmières pendant la guerre ?

— Tu cherches à m'insulter, Higgins ? Pas une seule n'est passée à travers les mailles de mon filet. Désires-tu la liste complète ?

— Non, je dispose de quelques précisions ; la personne qui m'intéresse est Godiva Corby, fille d'un lord et engagée volontaire dès le début de la guerre. Brillants états de service, décorations, héroïsme...

— Excellent ! s'exclama le colonel. Tant que l'Angleterre disposera de femmes comme celle-là, elle ne sera pas prête de perdre une bataille. Mais tu sais déjà tout !

— Certes pas. Pourrais-tu me faire parvenir au

plus tôt les états de service des camarades de combat de Lady Godiva ?

— Sans problème, avec photographies, liste des exploits, blessures et tout le nécessaire. En express, je présume ?

— Tu es la providence, Arthur.

— La police est un club de dégénérés ; seule l'armée forme des têtes bien faites. Si l'on me laissait réorganiser le Yard...

— Vaste perspective, admit Higgins.

***

Prendre la route du Tholonet était un plaisir que l'ex-inspecteur-chef devait à la présence de l'archevêque en ce lieu enchanteur ; Higgins retrouvait avec émotion la longue et majestueuse allée de platanes qui aboutissait au château.

Sur la défensive, Thomas Youlgreave le reçut avec réticence.

— Vous êtes seul ?

— Le superintendant doit s'acquitter de quelques tâches administratives.

— À mon sujet ?

— Hmmm, répondit Higgins.

L'archevêque brandit sa pipe à la manière d'une crosse vengeresse.

— Je ne suis coupable de rien !

— Vous avez vous-même prétendu le contraire, Monseigneur.

— Ah ?

L'ire du prélat retomba. Pour reprendre contenance, il absorba un peu de thé.

— Pardon de ne pas vous en avoir offert.

— C'est sans importance. Une hypothèse m'est venue : n'auriez-vous pas été l'un des familiers des Corby ?

— Moi ? Certes non.

— Cette indignation prouve que vous les connaissiez.

Gêné, l'archevêque tira avec acharnement sur sa pipe.

— Un homme de Dieu n'a pas le droit de mentir ; oui, je les connaissais, mais de manière indirecte.

— Donc, par personne interposée.

— En quelque sorte.

— Et cette personne, c'est Jenny Naseby.

D'un brusque mouvement du coude, Thomas Youlgreave renversa sa tasse de thé.

— Vous êtes le diable, inspecteur !

— C'est trop d'honneur ; un peu de logique suffisait.

— Logique, logique, répéta le prélat, incrédule.

— Elle est donc l'une de vos paroissiennes ?

— Pas exactement… je connaissais bien ses parents. Quand cette gentille Jenny a traversé une crise de conscience, elle s'est adressée à moi. Il faut la comprendre : les Corby sont athées et le père de Lady Godiva a même pratiqué un anticléricalisme militant.

— À ce point ?

— À ce point.

— Jenny Naseby s'est confiée à vous.

— « Confiée » n'est pas le terme exact ; je l'ai entendue en confession.

— D'où un secret absolu sur ce que vous savez.

— Telle est la loi du Seigneur.

— Le Très-Haut ne facilite pas toujours la tâche du Yard.

— Nous sommes dans une vallée de larmes, inspecteur ; moi comme les autres, je porte une lourde croix. Si je pouvais vous dire ce que je sais...

Par la fenêtre donnant sur les collines du Tholonet, Higgins admira la symphonie de la pierre blanche, des pins verts et du ciel bleu ; il régnait en cet endroit une sérénité qui incitait à déposer son bâton de pèlerin, à s'asseoir et à méditer jusqu'à la fin des temps. Higgins devait lutter contre cette paix au sourire charmeur qui l'aurait volontiers détourné du chemin de l'enquête.

— À mon avis, dit-il en dévisageant l'archevêque, vous fûtes un complice involontaire mais efficace. Jenny Naseby a tout manigancé. Elle vous a manipulé à votre insu afin d'organiser un double crime qu'elle croyait parfait.

Livide, Thomas Youlgreave se leva.

— Inspecteur... j'émets une protestation solennelle ! Accuser cette pauvre femme de manière aussi formelle est impossible. Elle n'est pas plus coupable que d'autres !

— Quels sont ces « autres » ?

Le prélat, importuné par le regard perçant de Higgins, se détourna.

— Ils font partie du secret de la confession.

— Détiendriez-vous une preuve de l'innocence de Jenny Naseby ?

— Je suis un homme d'Église, pas un policier.

— Ne m'aiderez-vous pas davantage ?
— Je ne peux rien dire de plus.
— Je le regrette, Monseigneur... les cadavres du prince et de son épouse ne hantent-ils pas vos nuits ?
Thomas Youlgreave fit face, furieux.
— Je vous interdis ! Ma conscience...
— Elle n'est pas tranquille ; mais la lumière percera les ténèbres. Ne l'oubliez pas.
Thomas Youlgreave, abasourdi, oublia de saluer l'ex-inspecteur-chef.

CHAPITRE XXXIV

— J'aimerais que vous me parliez du caractère du prince, sollicita Higgins.

— Suis-je bien la personne compétente ? s'insurgea Rose Wolferton.

— Je le pense.

La pianiste demeura silencieuse une longue minute. Elle contempla l'austère beffroi d'Aix et la mairie, depuis la terrasse du café où elle était assise à côté de l'ex-inspecteur-chef ; une chaleur torride avait envahi la vieille ville où les ventilateurs fonctionnaient à plein régime. Elle avait contraint Higgins à abandonner son blazer pour se contenter d'une chemisette tropicale à manches courtes, d'un délicat ton orange pâle, et d'un pantalon de lin fin ; l'ensemble avait spécialement été confectionné pour lui par le premier tailleur de chez Trouser's.

— Que voulez-vous savoir, inspecteur ? Je l'ai un peu connu, c'est vrai, je ne sais pas si...

— Albert-René de Montjoie était-il un bon observateur ?

— Sans aucun doute ; sa passion pour l'art l'exigeait.

— Le qualificatif de « fouineur » vous paraît-il excessif ?

— Non... il aimait connaître le dessous des cartes ; lorsqu'une situation lui paraissait bizarre, il aimait en démonter le mécanisme.

— Tenait-il des dossiers sur les uns et les autres ?

— À proprement parler, je ne crois pas... mais dans sa tête, certainement.

— Vérifiait-il la biographie fournie par quelqu'un qu'il engageait ?

— Plutôt deux fois qu'une ; j'ai moi-même subi ce genre d'épreuve.

Les joues légèrement rebondies de la pianiste, son regard un peu enfantin lui donnaient un aspect fragile ; elle appartenait à cette tendre cohorte de femmes que la plupart des hommes avaient envie de protéger.

— Je tracerais un mauvais portrait du prince, ajouta-t-elle, en laissant croire qu'il était froid, méthodique et calculateur ; c'était surtout un romantique, aimant les situations extrêmes, voulant vivre de folles passions, détestant les habitudes et la banalité. Il adorait jouer : jouer sa vie, jouer son argent, jouer sa carrière.

— Son mariage ne vous a-t-il pas surprise ?

Elle se contracta mais demeura maîtresse d'elle-même.

— Si, beaucoup... jamais je n'aurais cru... et surtout avec une aristocrate anglaise aussi conventionnelle ! Ça ne lui ressemblait pas.

— Les êtres sont étranges, mademoiselle.

— Pardonnez-moi, inspecteur, je ne me sens pas bien.

Rose Wolferton se leva, ajusta sur sa tête un ravissant chapeau pourvu d'un suivez-moi-jeune-homme, pans de ruban flottant sur la nuque d'une élégante pour mieux la mettre en valeur. N'étant plus tout à fait un jeune homme, Higgins ne suivit pas la pianiste mais commanda une mominette avant d'ouvrir la partition des *Noces de Figaro ;* le divin Mozart, comme souvent, détenait la clé de l'énigme.

*
**

Le courrier spécial posté par Sir Arthur MacCrombie, relayé par le service d'urgence de l'armée et transmis à celui du Yard, arriva à Aix-en-Provence en fin de matinée ; conformément aux instructions de Higgins, Scott Marlow se précipita au pavillon Vendôme.

L'ex-inspecteur-chef se promenait dans le jardin en compagnie d'Adeline Lubéron dont la robe légère commençait à voleter sous l'effet d'un mistral naissant.

— Voici le pli que vous attendiez.

— Admirable.

— Savez-vous que l'inspecteur Higgins est un homme passionnant ? dit la jeune soprano au superintendant. Il connaît par cœur toute l'œuvre de Mozart et parvient même à fredonner les airs d'opéra !

— Si mal, mademoiselle, si mal...

— Mais non, inspecteur ! Vous avez une excellente oreille et vous êtes sûrement baryton martin ; nous devrions chanter un duo, pour nous amuser.

— Vous seriez cruellement déçue.

— Je suis sûre que non !

Elle était jolie, naturelle et radieuse ; la jeunesse de son âme survivrait à celle du corps, de sorte que l'éternité mozartienne lui fût promise.

Scott Marlow prit un air martial.

— Désolé de vous arracher l'inspecteur Higgins, mademoiselle, mais nous avons beaucoup de travail.

— Je le comprends... toujours ces horribles crimes.

— Toujours.

***

Higgins ouvrit l'enveloppe, en sortit dix feuillets tapés à la machine et dix photographies qu'il disposa sur la plus grande table de l'appartement de l'hôtel du Poët, illuminé par un puissant soleil.

— Lady Godiva, dit aussitôt Marlow en pointant l'index sur le portrait d'une jeune personne en uniforme. Qui sont les autres ?

— Ses camarades de promotion en compagnie desquelles elle a soigné les blessés au péril de sa vie.

Le colonel MacCrombie avait fourni un excellent travail, précis et méticuleux.

— N'est-ce pas plutôt celle-ci ? proposa Higgins en soumettant une autre photo au superintendant.

— C'est elle, bien entendu ; mais vous me montrez le même cliché.

— Non, mon cher Marlow.

— Pourquoi ce doublon.

— Il ne s'agit pas d'un doublon.

Higgins plaça les deux portraits côte à côte.

— Mais.... il n'y a aucune différence !

— Pourtant, ce sont deux femmes différentes. D'après les références, celle de gauche est bien Lady Godiva ; celle de droite s'appelle Mary Partridge, née la même année, le même mois et le même jour que l'aristocrate. Elles se sont engagées au même moment et ne se sont pas quittées de toute la guerre ; le rapport de Sir Arthur précise qu'il existait entre elles une amitié indéfectible que seule la mort de Mary Partridge, tuée par un éclat d'obus peu avant la fin du conflit, a pu rompre.

— Mais enfin, Higgins... une telle ressemblance...

— Vous ne vous trompez pas, superintendant : ce sont des sosies.

CHAPITRE XXXV

Dans les heures qui suivirent, l'enquête se poursuivit très rapidement dans de multiples directions ; pendant que Higgins réfléchissait en flânant dans les rues du vieil Aix, Scott Marlow, avec l'appui du commissaire Papassaudi, mettait en branle la machine policière et sollicitait la puissance d'investigation de Scotland Yard.

Le commissaire approuvait cette démarche sans retenue, d'autant plus qu'il n'avait rien à faire et que les principaux suspects, l'archevêque Thomas Youlgreave et Jenny Naseby, étaient de nationalité anglaise ; quoi de plus réconfortant que leur inculpation ? En raison de complications diplomatiques certaines, Octave Papassaudi serait dessaisi du dossier qui voguerait dans les hautes sphères franco-britanniques. Cette issue lui paraissait d'autant plus heureuse que la presse française faisait ses choux gras du double meurtre d'Aix-en-Provence et posait avec insistance l'éternelle question : à quoi sert la police ? Par bonheur, les journalistes attaquaient surtout Scotland Yard mais ne tarderaient pas à brocarder les enquêteurs français ; leur donner une solide pâture serait le meilleur moyen de les apaiser.

À Laxton, les forces de l'ordre avaient dû intervenir pour mettre fin à un rude combat opposant les partisans de l'archevêque à ses adversaires ; la politique s'en était mêlée et l'on était même à la veille d'une nouvelle guerre de religion entre catholiques et protestants. Autorités religieuses et civiles clamaient de plus en plus fort leurs exigences : que l'on donne les preuves de la culpabilité de l'archevêque ou qu'on l'innocente.

Des investigations en profondeur sur le passé de Mary Partridge confirmèrent point par point le rapport du colonel Arthur MacCombie, jusqu'à un ultime détail : conformément à un vœu émis lors de son engagement, la malheureuse jeune femme avait été incinérée. Redoutant une blessure qui la mutilerait à vie en lui ôtant l'usage de son cerveau, elle avait jugé bon de programmer ainsi son passage dans l'au-delà. Il fut confirmé que Mary Partridge était décédée à la suite d'un bombardement, peu avant la fin de la guerre.

Tout ce labeur ne semblait déboucher sur rien de nouveau ; Marlow se sentait un peu découragé. Soudain, un détail lui sauta aux yeux ; un détail si énorme qu'il prenait valeur de preuve.

***

Dans les ruelles paisibles du quartier Mazarin, Higgins devisait avec un parfait gentleman, quelque peu surpris par le climat d'Aix-en-Provence. À Londres, il pleuvait et la température atteignait péniblement douze degrés ; aussi, le parfait gentleman se sentait-il un peu engoncé dans son costume trois-pièces et son imperméable.

— Sa Majesté est très sensible à vos efforts et plus encore à leur discrétion.

— Vous m'en voyez ravi.

— Elle serait encore plus sensible à... comment dire... une sorte d'accélération de ces efforts.

— Le nom de l'assassin ?

— Voilà une expression très crue, inspecteur, mais enfin... c'est de cela qu'il s'agit.

— Cette visite, elle aussi très discrète, a donc pour but de savoir si j'ai un nom et des preuves.

— Un bon diplomate ne s'exprimerait peut-être pas en des termes aussi directs mais... c'est encore tout à fait cela.

— M'accorderez-vous vingt-quatre heures ?

— Voyons, inspecteur ! Nous ne sommes pas pressés... quoique l'honneur et le prestige...

— La quête de la vérité ?

— La vérité aussi, naturellement. Vous pensez donc... avoir abouti ?

— Il ne subsiste qu'un problème purement musical.

— Pardon ?

— Dans la musique de Mozart, il n'y a pas le moindre hasard ; tout répond à une nécessité. Les musicologues qui ne l'ont pas compris écrivent des âneries.

— Je n'en disconviens pas, mais...

— Quel rapport avec le double meurtre ? C'était une nécessité, lui aussi.

— L'honorabilité de Lady Godiva, la réputation du prince, la...

— J'empruntais le point de vue de l'assassin.

— Vous me rassurez, inspecteur !

— Croyez-vous ?

*
**

— Parler avec vous me rend si joyeuse, inspecteur ! Si je n'avais pas tant de travail, j'aimerais que nos conversations durent des heures.

— Votre talent et l'aube d'une belle carrière m'offrent également une joie très douce, mademoiselle Lubéron.

— Je suis sûre que vous vous plairiez, ici.

— Aix est une redoutable charmeuse, en effet ; mais mon siamois, Trafalgar, est un adepte de la pluie, du froid et des brumes anglaises. Il serait criminel de modifier son mode de vie.

Higgins et la jeune cantatrice se promenaient une nouvelle fois dans le jardin de l'hôtel de Vendôme, plongé dans une torpeur ensoleillée que venait malmener un fort mistral soufflant en rafales qui atteignaient parfois quatre-vingt kilomètres à l'heure. La violence du maître céleste atténuait à peine la chaleur mais interdisait le port des chapeaux et l'usage des parasols.

— Le mistral chasse les idées noires et redonne du tonus ; je le redoute pour ma gorge, mais comment ne pas aimer le maître des vents ?

— Qu'avez-vous travaillé, aujourd'hui ?

— Le lied de Mozart *Dans un bois solitaire et sombre,* le premier air de Chérubin et une bonne trentaine d'exercices inlassablement répétés.. mais sans aucune lassitude. C'est merveilleux d'entendre sa voix conquérir des aigus et de nouvelles modulations, de réussir un phrasé... je vis un rêve, inspecteur, et j'essaye d'en être consciente. Ces moments-là, je ne les oublierai jamais !

— Ces deux crimes ne vous obsèdent-ils pas ?

— J'ai été choquée, épouvantée même... mais la musique a repris le dessus, je l'avoue. Je vous parais sans doute... insouciante ou écervelée ?

— Non, jeune... merveilleusement jeune.

— Jouez-vous du piano ?

— Un peu.

— Je parie que les sonates de Mozart n'ont pas de secrets pour vous.

— Encore quelques milliers... derrière chaque note se cache une âme que les doigts sont parfois incapables de saisir.

— Les vôtres sont pourtant d'une redoutable habileté lorsque vous couvrez de votre écriture les pages de votre carnet noir ; vous voulez bien me le montrer ?

Higgins accepta ; au moment où il lui tendait le précieux document, une violente rafale de mistral le lui arracha des mains. Très vive, Adeline Lubéron courut à la poursuite du carnet et le rattrapa de justesse avant qu'il ne franchît une haie. La cantatrice, émue, le rendit à l'ex-inspecteur-chef.

— Surtout, rangez-le bien ; avec ce mistral, vous pourriez perdre le fruit de votre enquête.

CHAPITRE XXXVI

— Mais enfin, Higgins ? Où étiez-vous passé ?

— Promenade et méditation.

— Nous la tenons.

— Qui donc ?

— Jenny Naseby. Elle a menti sur un point capital ; faisons-la avouer une bonne fois pour toutes. Grâce au rapport du Yard, nous disposons de faits indiscutables.

— Eh bien, ne tardons plus, mais avançons lentement : à cause du mistral, c'est plus prudent.

Marlow se demanda si la chaleur aixoise ne perturbait pas quelque peu l'ex-inspecteur-chef ; mais ce dernier avait l'air normal.

Les deux hommes se dirigèrent vers la rue d'Italie, toute proche de leur propre domicile. Grave, concentrée, vêtue d'un tailleur gris plutôt rébarbatif, Jenny Naseby ouvrit sa porte dès le premier coup de sonnette.

— Je vous attendais, avoua-t-elle.

— Une confession ? suggéra Marlow. Mieux encore, des aveux complets ?

— Non ; la certitude que vous n'en aviez pas fini avec moi.

— D'où vous venait-elle ?

— Vous vous acharnez sur la plus faible.

— Nous accuseriez-vous de persécution ?

— Dois-je vous préparer du thé ?

— Inutile, répondit Higgins.

Jenny Naseby s'assit dans un fauteuil, très digne.

— De quoi m'accusez-vous, messieurs ?

— De mensonge, répondit le superintendant.

— Précisez.

— À quelle date est mort le père de Lady Godiva ?

— Je ne m'en souviens plus.

— Invraisemblable. Il y a contradiction dans vos déclarations précédentes parce que vous tentez de dissimuler la vérité ; cette fois, donnez-nous une réponse précise.

La régisseuse se drapa dans une dignité outragée.

— Vous m'obligez à répondre à votre place, déclara Higgins : le père de Lady Godiva est mort après le décès de Mary Partridge.

— Mary Partridge ?

— Vous avez bien entendu : j'ai prononcé le nom de la meilleure amie de Lady Godiva pendant la guerre.

— Je ne la connaissais pas.

— Vous ne l'avez jamais vue ? s'étonna Scott Marlow.

— Jamais. Pendant le conflit, Lady Godiva elle-même n'est pas revenue une seule fois au domaine ; elle se consacrait totalement à son activité d'infirmière et ne s'accordait pas un instant de repos. Vous comprendrez pourquoi je n'ai pas été informée du trépas de cette personne.

Higgins, mains croisées derrière le dos, marcha de long en large.

— Voici comment je reconstitue les faits : Mary Partridge a été tuée lors d'un bombardement après avoir souvent frôlé la mort ; à Londres se trouvait le prince de Montjoie, dès les premières heures de la Résistance. Lady Godiva et le prince se sont rencontrés et, dans cette atmosphère à la fois terrifiante et exaltante, ont décidé de s'épouser. Lady Godiva a transmis la nouvelle à son père ; et cette nouvelle, au lieu de le réjouir, l'a attristé, déprimé même, au point de le faire mourir. Le niez-vous ?

Redevenue austère, presque rigide, Jenny Naseby apparaissait de nouveau comme l'intendante parfaite du domaine des Corby ; arborant la dignité farouche d'une domestique modèle, elle n'avait pas à répondre à des étrangers et moins encore à des policiers.

— Je n'ai pas le droit de témoigner sans y avoir été autorisée.

— Par qui ? demanda Marlow.

— Par mon maître ou par Lady Godiva.

— Mais tous les deux sont morts !

— C'est pourquoi je dois rester à ma place et me taire.

Le superintendant bouillait ; cette demoiselle Naseby se moquait du Yard.

Comme si de rien n'était, Higgins continuait à réfléchir à haute voix.

— Quelqu'un qui réagit de la sorte à l'annonce du mariage de sa fille le ressent comme une véritable catastrophe ; le père de Lady Godiva ne se contentait pas de le désapprouver. A-t-il au moins tenté de la dissuader ?

— Lady Godiva était une personne responsable et indépendante.

— Autrement dit, il n'a même pas essayé de s'opposer à une union qu'il jugeait désastreuse. Pourquoi ?

— Je l'ignore.

— Non, mademoiselle Naseby : c'est le secret dont vous êtes dépositaire, celui que vous avez confessé à l'archevêque Thomas Youlgreave.

Un sourire pincé, hérité d'une longue éducation de domestique, défia Higgins.

— Pure imagination, inspecteur.

— En ce cas, pourquoi un lord mourant vous aurait-il offert une petite fortune, sinon pour que vous soyez la gardienne d'un secret ?

— Il a été reconnaissant et a su apprécier mes bons et loyaux services ; rien de plus, rien de moins.

Furibond, Scott Marlow intervint avec rudesse.

— La vérité est ailleurs, mademoiselle Naseby ! Le père de Lady Godiva ne voulait pas de ce mariage ; il vous a payée pour l'empêcher. Sans doute avez-vous tenté de le rompre de manière pacifique, par des menaces, que sais-je encore ? Mais ni Lady Godiva ni le prince ne voulaient renoncer à leur projet. C'est pourquoi, pour être fidèle à la parole donnée à votre maître en échange d'espèces sonnantes et trébuchantes, vous avez organisé un attentat et supprimé les mariés.

Affolée, tremblante, Jenny Naseby se leva. En un instant, elle avait perdu la contenance distinguée et lointaine de la parfaite intendante.

— Vous... vous divaguez ! Comment pouvez-vous supposer...

— C'est la logique même, maintint Scott Marlow. Avouez, vous nous faciliterez la tâche.

— Je n'ai commis aucun crime.

— Combien de fois le père de Lady Godiva s'est-il rendu en France ? demanda Higgins.

Jenny Naseby éclata en sanglots.

CHAPITRE XXXVII

Alors que le soleil couchant, filtré par les faîtes des grands platanes, illuminait d'or la route du Tholonet, Marlow posa à Higgins la question qui l'obsédait.

— Pourquoi lui avez-vous demandé si le vieux lord avait séjourné en France ?

— Sa réponse fut éloquente. D'une part, le vieux lord a été jeune ; d'autre part, un archevêque ne peut s'enfoncer davantage dans le péché.

— Jenny Naseby est coupable, n'est-ce pas ?

— D'une certaine manière ; mais il nous reste plusieurs points à éclaircir.

— Cette histoire de sosie ?

— Entre autres choses.

Lorsque Higgins répondait ainsi, Marlow savait que l'interroger davantage serait inutile. D'un caractère têtu, voire obstiné, l'ex-inspecteur-chef ne cédait à aucune pression et, par moments, se révélait presque anarchiste.

L'archevêque se promenait dans le parc du château ; il fumait benoîtement une pipe en terre. Dès qu'il aperçut les hommes du Yard, il se dirigea vers eux à pas pressés.

— Du nouveau, messieurs ? J'ai reçu un télégramme m'avertissant que Laxton est à feu et à sang !

— N'exagérons rien, rétorqua Marlow. Quelques échauffourées tout au plus.

— On exige ma libération, n'est-ce pas ?

— Vous n'êtes pas prisonnier.

— Serais-je libre de mes mouvements ?

— Un rien de patience, dit Higgins avec calme, et ce sera le cas.

— À combien de temps estimez-vous cette... « patience » ?

— Tout dépendra de votre coopération, Monseigneur.

— Que puis-je vous dire de plus ? Vous connaissez parfaitement ma position, tout propos serait superflu. Un sacrement est un sacrement, une parole donnée au Seigneur ne se reprend pas.

— Un homme de Dieu ne peut pas mentir, n'est-il pas vrai ?

L'archevêque considéra l'ex-inspecteur-chef avec un certain étonnement.

— C'est la vérité pure. Où voulez-vous en venir ?

— Vous et moi, Monseigneur, luttons contre le mal.

— Heureux de vous l'entendre dire, mon fils.

— Nos méthodes, il est vrai, sont assez différentes ; j'identifie des assassins, vous tentez de racheter leurs âmes au démon.

— Théologie un peu abrupte mais non dépourvue de bon sens ; auriez-vous du goût pour les Écritures, inspecteur ?

— Les textes du christianisme primitif ne manquent pas de grandeur ; si je ne m'abuse, ils comportent beaucoup d'apocalypses annonçant la fin de l'espèce humaine.

— Nous sommes tous dans la main du Seigneur.

Higgins, Marlow et l'archevêque sortirent du parc du château, traversèrent la route et s'engagèrent dans un petit chemin longeant un bras d'eau ombragé ; non loin, un champ de blé offrait ses épis mûrs au grand soleil d'été. Higgins songea à la petite rivière Eye qui coulait devant sa demeure ancestrale ; une même douceur de vivre, pétrie par le cours régulier des saisons, imprégnait la terre et les arbres.

— Puisque le secret de la confession s'oppose à la découverte de la vérité, reprit l'ex-inspecteur-chef, tentons de contourner l'obstacle.

Les dents de l'archevêque mordirent l'embout de la pipe.

— Contourner, contourner... qu'est-ce à dire ?

— Je vous propose ma vision des faits ; vous l'approuvez ou vous la désapprouvez.

— Ces faits... les connais-je seulement ?

— J'ai confiance en votre habit, Monseigneur ; vous ne pouvez pas mentir.

Thomas Youlgreave se sentit enfermé dans une nasse dont il ne pouvait sortir ; cet inspecteur à l'allure débonnaire et au visage rassurant était le plus redoutable des inquisiteurs.

— Lorsque Jenny Naseby est venue vous voir, elle devait être en proie à une très vive émotion.

— En effet.

— Vous avez aussitôt senti qu'il ne s'agirait pas d'une confession ordinaire.

— Je le reconnais ; devais-je la refuser pour autant ?

— Avez-vous songé à un crime ?

L'archevêque hocha la tête affirmativement ; il ne trahissait que ses propres sentiments, non le secret de la confession.

— Le père de Lady Godiva, pendant ses séjours français, ne s'est pas comporté en ascète ; sans doute a-t-il connu une jeune femme. Peut-on imaginer qu'elle n'était pas de sa classe sociale et qu'elle lui a donné un enfant ? Allons plus loin : c'était peut-être un garçon qu'un lord anglais, quoique athée, ne pouvait se permettre de reconnaître.

Au fur et à mesure que Higgins s'exprimait, l'archevêque se décomposait et tirait des bouffées de plus en plus rapprochées.

— Bien entendu, le père veilla à ce que son fils ne manquât de rien ; mais, avec le début de la guerre, il finit par le perdre de vue, ne se doutant pas qu'il avait quitté la France pour l'Angleterre.

Marlow était aussi mal à l'aise que Thomas Youlgreave.

— Cela signifie-t-il que le prince...

— Albert-René de Montjoie est le fils illégitime du père de Lady Godiva : c'est ce que je pense, mon cher Marlow. Il faudra vérifier son ascendance mais je parie que nous aurons la mention « père inconnu » ; quant au titre de « prince », il se l'est attribué lui-même pour prendre une sorte de revanche sur la vie. Il sera facile de vérifier.

L'archevêque avançait de plus en plus lentement, la tête rentrée dans les épaules.

— Le mauvais sort a voulu que Lady Godiva et le prince Albert-René se rencontrent, en pleine guerre ; à moins qu'une magie mystérieuse ait amené l'un vers l'autre le frère et la sœur. Ils se sont aussitôt aimés, certes, mais en se trompant sur la nature de cet amour. Le père de Lady Godiva n'a pas résisté à cette tempête ; son cœur a lâché car sa bouche devait demeurer muette. Il n'osa pas dire la vérité à sa fille mais confia à sa fidèle régisseuse son lourd secret. À Jenny Naseby de parvenir à empêcher ce mariage ; désemparée, la malheureuse a cherché l'aide de l'Église. Un archevêque ne serait-il pas capable de l'éclairer et de lui tracer le chemin à suivre ? Seule la grâce divine pouvait lui permettre d'empêcher cette monstruosité.

Higgins s'arrêta pour consulter son carnet noir ; Marlow et l'archevêque l'imitèrent.

— Il y a un point fort trouble qu'il nous faut éclaircir, Monseigneur : le moment exact de la confession définitive.

— Mon fils... c'est bien difficile...

— Jenny Naseby est venue vous voir une première fois peu de temps après la déclaration d'intention des futurs époux ; elle vous a simplement confié qu'un poids trop lourd pesait sur ses épaules. La seconde fois fut l'occasion d'une vraie confession et cet événement se produisit très récemment ; si je ne m'abuse, ici même, à Aix-en-Provence, après le mariage civil et avant le mariage religieux. Est-ce bien exact, Monseigneur ?

Le prélat entrouvrit les lèvres pour murmurer un « oui » ; sa pipe tomba sur le sol et se brisa.

CHAPITRE XXXVIII

— Comment avez-vous deviné, Higgins ? C'est de la sorcellerie !

Marlow avait devant lui un rapport détaillé fourni par le commissaire Papassaudi, après quelques réticences ; les renseignements que demandait le superintendant étant aisément accessibles, il n'avait guère manifesté de résistance.

Albert-René de Montjoie était né de père inconnu, mais sa mère, une couturière sans argent, s'était brusquement retrouvée à la tête d'une respectable fortune où figuraient notamment un vaste domaine et des vignobles ; le jeune garçon en devenant un adolescent au caractère affirmé, passionné pour les arts, avait arboré le titre de prince.

— Sorcellerie ? Non point, mon cher Marlow. Une observation attentive des caractères.

— Et ce mariage entre un frère et une sœur ?

— Mariage mortel, s'il en est… un cas très classique exposé en détail au chapitre IV du tome II du manuel de criminologie de M.B. Masters ; les exemples abondent et le mécanisme est toujours le même.

— Le meurtre ?

— Heureusement, non ; mais cette solution définitive n'est pas rare.

— Nous venons de la connaître, en effet ; pourquoi refusez-vous encore d'arrêter Jenny Naseby ? Tout est clair, à présent nous connaissons son mobile.

— Probablement.

— Je ne vous suis plus, Higgins ! Qu'est-ce qui vous retient ?

— J'ai besoin de réfléchir.

— En consultant sans cesse la partition des *Noces de Figaro* ?

— Elle est un guide très sûr.

Le téléphone sonna ; Marlow décrocha. Il écouta son interlocuteur, lui répondit par un « oui » franc et net et raccrocha.

— C'était le commissaire Papassaudi ; il veut nous voir d'urgence au Tholonet. Un nouvel élément décisif, paraît-il.

*
**

Le commissaire attendait ses deux collègues devant le château du Tholonet.

— L'archevêque m'a appelé ; il paraissait très excité et voulait nous voir d'urgence tous les trois afin de faire une déclaration officielle. Êtes-vous certain qu'il possède encore toute sa raison ?

— Le climat provençal est un peu chaud, déclara

Higgins, mais il n'est pas réputé pour engendrer... comment dites-vous ?

— Des fadas ; c'est plutôt de naissance.

Thomas Youlgreave apparut à sa fenêtre, interpella les policiers, sortit de ses appartements et courut vers eux.

— Impensable, déclara-t-il... je viens de recevoir une lettre anonyme !

— Calmons-nous, recommanda Higgins ; vous nous montrerez ce document pendant le déjeuner.

*
**

Tomates rouges, poivrons verts et rouges, aubergines d'un violet brillant, fenouil argenté accompagnèrent des filets de rascasse servis avec une sauce où se distinguaient les parfums du romarin, de la coriandre et du serpolet ; Scott Marlow apprécia particulièrement les aubergines en barbouillade et le commissaire dégusta le traditionnel aïoli que Higgins jugea fort à son goût.

L'ex-inspecteur-chef semblait presque détendu alors que l'archevêque ne parvenait pas à avaler la moindre bouchée.

— C'est grave, messieurs, très grave... je suis menacé de mort ! Consentirez-vous enfin à examiner ce document ?

— Un ventre vide nuit à la réflexion, indiqua Higgins.

Thomas Youlgreave plaça la missive sous les yeux d'Octave Papassaudi.

— Vous, lisez !

— Moi, l'anglais... j'aimerais obtenir une traduction.

Le superintendant se demandait pourquoi Higgins ne manifestait pas le moindre intérêt pour un document aussi révélateur ; au risque de le mécontenter, il le consulta et le lut à haute voix :

L'honneur et la dignité vous obligent à rester honorable et digne ; seul Dieu est juge de nos actes. Seuls comptent le Jugement Dernier et la fidélité au Seigneur. C'est pourquoi vous devez quitter immédiatement la France et regagner Laxton où vos fidèles vous attendent.

— Terrifiant, jugea l'archevêque.

— Sans doute, intervint le commissaire, dubitatif, mais où voyez-vous une menace de mort ?

— Eh bien... elle est implicite ! Si je n'obéis pas, il me tuera !

— Soyez sans crainte, dit Higgins, appréciant la qualité de l'huile d'olive vierge de première pression à froid.

— Sans crainte ! Si vous étiez à ma place...

— À Dieu ne plaise ; mais l'auteur de cette lettre ne vous veut que du bien. Détendez-vous et goûtez à cette succulente cuisine.

— L'auteur... on croirait que vous le connaissez !

— Bien entendu, Monseigneur, puisque c'est vous-même ; nous vous pardonnons cette innocente plaisanterie à cause de ce merveilleux déjeuner où, comme l'exigeait le grand gastronome Curnonsky, « Les choses ont le goût de ce qu'elles ont. » Mais ne recommencez plus.

Pincé, vexé, l'archevêque Thomas Youlgreave se leva.

— Puisqu'il en est ainsi, je regagne ma prison ; que Dieu vienne en aide aux persécutés.

Le prélat s'éloigna avec dignité.

— Cas typique d'injure à un fonctionnaire de police dans l'exercice de ses fonctions, estime le commissaire ; tout curé qu'il est, il mériterait une bonne sanction.

— Il est peut-être extrêmement habile, avança Scott Marlow ; sa manœuvre est si grossière qu'elle n'est guère crédible. En se faisant passer pour un imbécile, il écarte nos soupçons ; ce ne serait pas le premier assassin à agir de la sorte.

Marlow attendit un écho de la part de Higgins ; mais l'ex-inspecteur-chef semblait absorbé dans la contemplation d'un ciel au bleu parfait.

— Si j'étais peintre, déclara-t-il à mi-voix, je planterais mon chevalet ici. Hélas ! C'est au crime que nous consacrons nos modestes existences et nous avons deux cadavres sur les bras, comme disent les Français.

Le superintendant fut heureux de constater que Higgins, malgré la chaleur, ne perdait pas complètement la mesure.

— Eh bien, messieurs, voici comment nous allons procéder.

CHAPITRE XXXIX

Fief spirituel d'Aix-en-Provence, la cathédrale Saint-Sauveur, dans son dernier état, était le point d'aboutissement de plusieurs périodes artistiques ; roman, gothique, Renaissance et Siècle des Lumières avaient créé un curieux édifice, à la fois fort et fragile, dont le cœur demeurait un très ancien baptistère datant de l'époque mérovingienne et creusé au centre d'un espace octogonal ; là s'était pratiqué le baptême par immersion totale.

Higgins y séjourna un long moment avant que ne débutât la confrontation générale qu'il avait provoquée, avec l'approbation du commissaire Papassaudi. Il remarqua, dans les soubassements, la présence de pierres provenant d'édifices antiques ; l'architecture sacrée abolissait le temps, les anciennes révélations étaient absorbées dans les nouvelles.

Révélation… c'était le mot qui hantait l'esprit de Higgins depuis qu'il avait démonté le mécanisme des deux meurtres et identifié son auteur. Une bien curieuse affaire, en vérité ; l'ex-inspecteur-chef s'était engagé sur de nombreuses fausses pistes avant d'entrevoir enfin la vérité qu'il avait pourtant effleurée dès le premier instant. Certes, il aurait pu aller beaucoup plus vite et clore son enquête depuis quelque temps ; mais la magie provençale l'avait charmé une fois de plus et résister à la tentation eût été une faute de goût.

Higgins sortit de la cathédrale et pénétra dans le cloître, le lieu le plus émouvant de la vieille cité ; de petites dimensions, il conservait les trésors de sérénité accumulés des siècles durant par les moines qui s'étaient promenés à l'abri de ses galeries. De magnifiques colonnes romanes, très fines, parfois accouplées et mêmes ondulées, rythmaient la promenade méditative.

L'ex-inspecteur-chef s'arrêta un instant devant la plus belle figure sculptée du cloître : un saint Pierre auréolé, tenant dans la main droite une énorme clé et dans la main gauche un livre fermé. Ces symboles ne correspondaient-ils pas à merveille à la dernière étape d'une enquête criminelle ? Higgins espérait avoir trouvé la bonne clé qui lui permettrait d'ouvrir la porte de l'énigme et de lire le livre d'une âme suffisamment blessée pour avoir supprimé deux vies. Saint Pierre avait un visage apaisé et un regard rayonnant ; sa connaissance de l'autre monde lui conférait un incontestable avantage sur un inspecteur du Yard obligé de se débattre dans les pièges de l'humanité et d'utiliser ses seules ressources afin de lever le voile.

Higgins ouvrit la porte du cloître à vingt-deux heures précises, comme convenu.

— Tous les témoins sont ici, annonça Scott Marlow avec gravité.

Sous le regard attentif du commissaire Papassaudi, entra d'abord l'archevêque Thomas Youlgreave qui apostropha aussitôt l'ex-inspecteur-chef.

— J'élève une véhémente protestation contre le choix de ce lieu de prière pour procéder à une reconstitution criminelle.

— Rassurez-vous, Monseigneur, il ne s'agit pas d'une reconstitution et aucun cadavre ne souillera ces pierres vénérables.

— Ah... en ce cas, j'accepte de rester.

Glissant sa pipe dans sa poche, l'archevêque alla se placer près de la porte communiquant avec la cathédrale.

Humbert Worcester, dédaigneux, passa devant Higgins sans le regarder, il garda à la bouche son fume-cigarette vide ; il s'immobilisa à quelque distance de l'archevêque, sur sa droite.

Anatole Grisnez ne portait pas de perruque et était vêtu d'un costume marron des plus ordinaires ; marchant à pas feutrés, il marmonna un « Bonsoir, inspecteur » et s'adossa à une colonne torsadée, à la gauche de Thomas Youlgreave.

Adonis Lempereur, vêtu d'un ensemble rouge et d'une cape noire, s'arrêta devant Higgins.

— La mise à mort ? Du grand spectacle, inspecteur !

— Une modeste confrontation.

— Allons, allons ! Pas à moi... une soirée comme celle-là, je voulais en être.

Le metteur en scène se plaça entre l'archevêque et Anatole Grisnez.

Scott Marlow observa que les règles de la galanterie n'avaient guère été observées ; les quatre hommes étaient entrés les premiers, précédant les trois femmes. L'attitude de ces dernières prouvait-elle qu'il existait un lien subtil entre leurs personnalités ?

Superbe dans son chemisier en mousseline de soie et sa jupe vert anis, très maquillée, la pianiste Rose Wolferton se plaça sur la gauche de Grisnez ; puis entra Jenny Naseby, aussi mal fagotée que peut l'être une intendante revêche. Après avoir hésité, elle demeura, très raide, à gauche de la pianiste.

Adeline Lubéron pénétra la dernière dans le cloître.

— Inspecteur ! Je suis un peu inquiète... que va-t-il se passer ?

— Une épreuve pénible, mademoiselle, mais indispensable.

— Vous avez toute ma confiance, dit-elle en souriant.

La jeune cantatrice, de sa démarche aérienne, gagna sa place, à gauche de Jenny Naseby.

Scott Marlow et Octave Papassaudi fermèrent la porte qui claqua avec un bruit sinistre ; Rose Wolferton sursauta. L'archevêque se racla la gorge.

Higgins attendit qu'un semblant de calme retombât sur le cloître, baigné d'une belle lumière lunaire qui laissait deviner les silhouettes ; Marlow et Papassaudi avaient souhaité un éclairage artificiel refusé par l'ex-inspecteur-chef. Né sous le signe du Chat, selon l'astrologie orientale, Higgins voyait fort bien dans le noir ; observer les réactions des témoins qui se croyaient protégés par la faible lumière provenant des fenêtres, serait un avantage incontestable.

L'ex-inspecteur-chef déposa au centre du jardin du cloître une serviette noire.

— À quoi sert cette mascarade ? demanda Humbert Worcester, très acide.

— Personne n'est déguisé, corrigea Higgins ; quant aux masques, il faut bien les ôter un jour ou l'autre. Ce moment est venu.

— Passionnant, estima Anatole Grisnez ; vais-je prendre une bonne leçon et apprendre quelque chose de nouveau ?

— Pourquoi pas ? Personne ne peut se vanter d'être parvenu au sommet de son art ; ce lieu est un chef-d'œuvre qui nous incite à l'humilité.

— Dieu en est l'auteur, précisa l'archevêque ; qui l'oublie sera damné.

— Je ne crois pas en Dieu, déclara Rose Wolferton et je ne veux pas rester ici ; si quelqu'un veut m'accuser de quelque chose, qu'il le fasse et tout de suite !

— Un peu de patience, mademoiselle ; nous y venons.

CHAPITRE XL

— Et si ce double meurtre était une formidable erreur ? commença Higgins. À la huitième scène de l'acte II des *Noces de Figaro,* la comtesse ne dit-elle pas : « Nous préparions pour ce soir une plaisanterie bien innocente. » Plaisanterie qui serait devenue un drame en raison d'une bévue... C'est la première hypothèse que j'ai envisagée en estimant qu'il n'y avait sur l'estrade royale que des innocents.

— Deux balles mortelles... une sinistre amusette ! ironisa Humbert Worcester. Vous n'honorez pas l'humour britannique, inspecteur.

— À l'heure actuelle, ce n'est pas mon but.

Le critique voulut allumer une cigarette.

— Abstenez-vous de fumer, ordonna l'archevêque ; vous vous trouvez dans un lieu saint.

Humbert Worcester haussa les épaules mais se contenta d'un porte-cigarettes vide.

Mains croisées derrière le dos, Higgins arpenta lentement le jardin du cloître ; pendant une longue minute, il demeura silencieux. Personne n'osa intervenir, comme si chacun venait de percevoir que l'atmosphère s'alourdissait brusquement.

— Seconde hypothèse, reprit l'ex-inspecteur-chef : le prince Albert-René de Montjoie n'aurait-il pas tenté de tuer sa femme ? Quand je dis « prince », j'utilise un titre artificiel qu'il s'était attribué avec l'intention de briller aux yeux du monde et, sans doute, de se sentir plus fort à ses propres yeux.

— Invraisemblable, jugea Adonis Lempereur ; n'oubliez pas qu'il est mort, lui aussi !

— Il aurait pu payer un assassin, objecta Higgins ; celui-ci aurait eu pour mission de supprimer Lady Godiva. Sa tâche accomplie, il se serait affolé et aurait choisi de supprimer son employeur ; bref, une machination qui se serait retournée contre son auteur.

— Un sacré tireur d'élite ! remarqua Humbert Worcester.

— Et un sacré sang-froid, compléta Anatole Grisnez.

— Autrement dit, un professionnel de haut vol, conduit Adonis Lempereur ; l'un de nous répond-il à ce critère ?

Rose Wolferton, lèvres serrées, tenta de rentrer dans l'enceinte du cloître ; elle s'attendait à être apostrophée par Higgins mais l'ex-inspecteur-chef consulta son carnet noir.

— Le prince, révéla-t-il, était impliqué dans des scandales financiers et agricoles ; il a piétiné des adversaires, peut-être provoqué un suicide et sans aucun doute suscité de nombreuses inimitiés. Autour de lui et de son activité de propriétaire terrien, se sont produits drames et morts suspectes. Accidents... ou crimes ?

Le commissaire Papassaudi s'étrangla ; son collègue britannique empruntait un chemin fort douteux.

— Auriez-vous un dossier solide contre lui ? s'enquit Jenny Naseby.

— Solide, non ; un assemblage de petits détails qui ne m'ont mené nulle part. Je ne crois pas que des querelles locales, même bien réelles, aient abouti à un crime.

— Et la carrière politique ? interrogea Humbert Worcester ; je me suis laissé dire qu'Albert-René de Montjoie avait de grandes ambitions. Le crime politiquc n'cst pas rarc, cn France, si je ne m'abuse.

— Un peu de tenue, s'insurgea Adonis Lempereur ; quand je lis Shakespeare, je m'aperçois que les gouvernants anglais n'ont pas hésité à verser le sang ; dans ce domaine, vous n'avez aucune leçon à nous donner.

L'archevêque s'interposa entre les deux hommes qui semblaient prêts à en venir aux mains.

— Messieurs, je vous en prie... nous sommes dans un cloîtrc ! Qucllcs quc soicnt vos opinions, respectez ce lieu de paix et de méditation.

L'Anglais et le Français se calmèrent, mais la tension demeura perceptible.

— Encore une fausse piste, estima Higgins ; un criminel voulant interrompre une carrière, d'ailleurs à peine amorcée, n'avait pas besoin de supprimer Lady Godiva. Nous possédons un témoignage dramatique et précieux, celui fourni par le prince lui-même sur son lit de mort ; il est tout à fait clair qu'il n'a rien compris à ce qui s'était passé. S'il avait eu le moindre soupçon, il se serait exprimé sans ambages ; au contraire, il croyait à l'action d'un fou et ne nous a donné aucun indice nous permettant de l'identifier. Malgré ces ultimes paroles arrachées au néant, le mystère demeurait entier ; aucun des aspects de la personnalité du prince ne semblait pouvoir l'éclaircir.

Higgins fit quelques pas et s'approcha de la régisseuse.

— Pourquoi ces deux meurtres, mademoiselle Naseby ?

— Pourquoi le saurais-je ?

— Vous savez tant de choses.

— Ce n'est pas mon avis.

L'ex-inspecteur-chef consulta ses notes ; du coin de l'œil, il nota que l'intendante du domaine Corby était contractée, entrecroisant ses doigts au point de les faire craquer.

— Rendons-nous à l'évidence, recommanda Higgins ; votre fortune personnelle n'est pas due au hasard.

— Ni à la malhonnêteté ; elle récompense mes loyaux états de service. Quant au terme de « fortune », il est sans rapport avec les gratifications dont j'ai fait l'objet.

Jenny Naseby tenait tête avec panache mais la voix, qui se voulait assurée, tremblait un peu.

— Vous êtes dans une situation bien difficile, admit l'ex-inspecteur-chef ; dire la vérité revenait à vous faire accuser de meurtre. Votre seule confidente, c'était l'Église, en la personne de l'archevêque Youlgreave.

— Qui oserait le lui reprocher ? demanda le prélat ; qui place sa confiance en Dieu ne saurait être déçu.

— Mlle Naseby, poursuivit Higgins, a été fortement impressionnée par le double crime ; Monsieur Grisnez a été contraint de la calmer. Cette réaction ne prouve-t-elle pas qu'une personne habituellement maîtresse de ses nerfs s'attendait à une catastrophe ?

La régisseuse, le front haut, ne répondit pas.

— « Je suis en quelque sorte la mémoire de la famille Corby » : cette déclaration m'a beaucoup éclairé sur votre rôle exact, mademoiselle. Des petits et des grands secrets de cette famille, vous n'ignorez rien ; vous saviez, grâce à une confidence du père de Lady Godiva, que le prince Albert-René de Montjoie était son frère. Aussi fallait-il empêcher ce mariage à tout prix.

La révélation de Higgins frappa de stupeur l'assistance.

— Inspecteur... je vous jure que je ne suis pas coupable, déclara Jenny Naseby, implorante et brisée.

— Je le sais, mademoiselle.

CHAPITRE XLI

Higgins abandonna Jenny Naseby, passa devant Rose Wolferton et s'arrêta devant Anatole Grisnez, appuyé à une superbe colonne torsadée qui témoignait de la virtuosité des tailleurs de pierre du Moyen Âge.

— Que pensez-vous de ce formidable coup de théâtre, monsieur Grisnez ?

— Il faudrait le demander au metteur en scène... moi, je ne fais que grimer les autres et les habiller.

— Inexact.

— Pourquoi ?

— Parce que vous vous grimez aussi vous-même, avec un talent hors du commun.

— Merci, inspecteur ; les compliments m'ont toujours touché.

Le maquilleur était lui-même touchant : ni beau, ni laid, insignifiant, il aurait mérité le sobriquet de « passe-partout ».

— Avez-vous conscience d'être un suspect idéal ?

— Honnêtement, non.

— Pourtant, vous êtes capable de prendre n'importe quelle apparence.

— À quoi cela m'aurait-il servi, sur l'estrade royale ? Je n'aurais pas eu le temps de me démaquiller et de me changer.

— Vous auriez pu prendre la place de quelqu'un d'autre et agir en son nom.

— Sans difficulté, je le reconnais ; mais où cela nous mène-t-il ?

— Nulle part, je le reconnais également. Il reste pourtant un point à éclaircir : pourquoi nous avez-vous épiés, déguisé en jardinier, dans le jardin du pavillon Vendôme ?

— Vous m'avez identifié ? Bravo ! Quelle erreur ai-je commise ?

— La voix.

— Ah... faute technique ! Je n'ai pas encore assez travaillé dans ce domaine ; en revanche, je vous ai bien abusé en facteur, en garçon de course et même en jeune fille à lunettes !

— Superbe, en effet ; mais comment expliquez-vous ce comportement ?

— J'avais deux raisons formidables : la première, tester mes capacités d'abuser des policiers, donc des professionnels de l'observation, vous imaginez à quel point je suis satisfait ! La seconde, c'est la curiosité. J'avais vraiment envie de suivre vos investigations... Scotland Yard au travail ! Quel homme de scène n'a pas rêvé d'être aux premières loges d'une enquête menée par la plus célèbre police du monde ?

Le maquilleur devint plus sympathique à Scott

Marlow qui, pourtant, l'aurait volontiers arrêté ; le superintendant détestait ces êtres protéiformes capables de revêtir mille et une personnalités.

— Vous m'avez apporté une certaine assistance, monsieur Grisnez, reconnut Higgins, et m'avez éclairé sur les liens secrets qui existent entre plusieurs témoins du drame ; liens parfois bien surprenants.

Higgins feuilleta quelques pages de son carnet et n'eut qu'un court déplacement à effectuer pour se trouver en face d'Adonis Lempereur qui, inquiet, réajusta la cape sur ses épaules.

— Ainsi, monsieur Lempereur, vous étiez un familier de l'archevêque Youlgreave.

— Pas du tout ! s'exclama ce dernier. Je l'ai engagé une seule fois, voilà tout.

— Pour une mise en scène des *Noces.*

— Je ne le nie pas.

— Ne l'auriez-vous pas un peu... confessé ?

— D'aucune manière, protesta le prélat.

— Je confirme, déclara le metteur en scène ; j'ai fait mon travail et j'ai quitté Laxton. Qu'aurais-je eu à confier à un archevêque ?

— J'ai songé à la préparation d'un meurtre, dit Higgins avec calme. Quelle superbe mise en scène, en présence de la reine d'Angleterre, dans le cadre prestigieux du théâtre de l'archevêché ! Il vous fallait une répétition ; Laxton vous offrait une occasion parfaite. Vous pouviez minuter votre action et régler le moindre détail.

La voix haut perché d'Adonis Lempereur résonna de manière agressive dans la paix du cloître.

— Vous... vous m'accusez !

— Vous possédiez un excellent mobile, rappela Higgins.

— Au contraire : le prince avait besoin de moi et j'avais besoin de lui.

— Inexact. D'après M. Grisnez, il s'était lassé du modernisme tapageur de vos mises en scène et comptait se séparer de vous.

Adonis Lempereur serra les poings.

— N'écoutez pas ce minable ! Il ne rêve que de prendre ma place.

— Surtout pas, protesta le maquilleur ; moi, je suis un classique et un professionnel.

— Sans l'appui du prince, reprit Higgins, M. Lempereur se retrouvait à la rue et dans l'incapacité de monter une pièce selon ses goûts.

— C'est faux, archifaux ! Le monde entier m'aurait engagé !

Le critique Humbert Worcester pouffa de rire.

— Vous vous surestimez, mon cher ; je vous imagine assez bien en garçon de café, dans un estaminet de troisième ordre où vos agitations auraient amusé quelques soiffards. Ce n'est pas pour vous contredire, inspecteur, mais je vois mal notre pauvre Adonis dans la peau d'un criminel ; tuer par esprit de vengeance nécessite une certaine force de caractère. À l'évidence, il n'en dispose pas.

Accablé, effondré, Adonis Lempereur n'émit aucune protestation ; il se drapa dans sa cape, tel un enfant vexé, incapable de supporter le regard d'autrui.

— Votre jugement me paraît excellent, monsieur Worcester, conclut Higgins qui revint vers le maquilleur et tourna une nouvelle page de son carnet.

— Autre hypothèse, monsieur Grisnez : en me révélant les accords financiers et politiques entre le prince et Adonis Lempereur, vous vous accusiez vous-même de manière assez habile ; jaloux de M. Lempereur qui tentait de vous expulser des scènes d'opéra françaises, n'auriez-vous pas assassiné son protecteur et son financier afin de ruiner la carrière de votre ennemi ? Privé de son meilleur soutien, le metteur en scène ne disposait plus d'aucune influence et vous aviez le champ libre.

— Pourquoi me serais-je accusé ?

— Par jeu, une fois de plus, et afin de tester les capacités d'analyse du Yard.

Dans la pénombre, Anatole Grisnez sourit.

— Félicitations, inspecteur.

— À l'avenir, évitez ce genre de performance ; elle aurait pu vous mener en prison.

CHAPITRE XLII

Higgins délaissa le maquilleur, se retourna et fit face à Rose Wolferton.

La pianiste sursauta.

— Je suis innocente. Complètement innocente.

L'ex inspecteur chef relut rapidement quelques notes.

— Savez-vous pourquoi je vous ai soupçonnée, mademoiselle ? À cause du moment de la neuvième scène de l'acte II des *Noces* où la comtesse dévoile son prénom en déclarant : « Je ne suis plus Rosine. » Elle Rosine, vous Rose... étrange coïncidence ?

La pianiste, tremblante, se révolta.

— Me soupçonner à cause de si peu ? C'est insensé !

— Il existe quelques autres détails, à commencer par votre collaboration assidue. À plusieurs reprises, vous m'avez orienté vers de fausses pistes : les gants que M. Worcester a ôtés et remis pendant la représentation, par exemple.

— Je n'ai pas menti.

— Vous cherchiez à lui nuire.

— Avais-je tort, après son méprisable article ?

— La vérité est toujours blessante, dit le critique d'une voix glacée.

— Ce n'est pas la vérité et tu le sais bien, Humbert ! Tu cherches à me détruire par dépit amoureux ; j'ai eu tort de ne pas tomber dans tes bras et tu veux me le faire payer !

L'archevêque, choqué, intervint.

— Un peu de retenue, je vous prie ! Ce cloître exige davantage de dignité.

La pianiste tenta de se contrôler.

— Vous avez même tenté de vous déguiser, rappela Higgins, pour me révéler que Humbert Worcester et Adonis Lempereur se sont battus en duel au pistolet ; M. Worcester, meilleur tireur, l'a emporté.

— Tout à fait par hasard, indiqua le critique ; j'ai visé la main droite de mon adversaire et j'ai touché le pied ; mes amis vous confirmeront que je suis un piètre tireur.

— Cette anecdote vous rendait quand même fort suspect.

— Pauvre Rose ! Elle me fait presque pitié ; je crains que des soupçons beaucoup plus graves et beaucoup plus précis ne pèsent sur elle.

— Qu'est-ce que ça signifie, Humbert ?

— C'est assez délicat, indiqua Higgins ; vous ne supportez pas le bruit, mademoiselle, et vos nerfs semblent très fragiles, mais vous êtes un tireur d'élite.

— Je l'étais, rectifia la pianiste.

— Un tel don ne se perd pas, estima Adonis Lempereur ; un sportif bien entraîné conserve toute son existence un certain niveau de compétition, surtout dans cette discipline-là.

— C'est faux ! protesta Rose Wolferton ; au contraire, quand on cesse de s'entraîner, on raterait une cible à dix mètres !

— Tsst, tsst, fit Humbert Worcester, dédaigneux ; toujours cette propension à exagérer, ma pauvre Rose.

La pianiste, en proie à un début de panique, regardait de droite et de gauche.

— Second point gênant, reprit Higgins : votre probable complicité avec l'archevêque Youlgreave.

— Complicité ? s'étonna le prélat. À quel sujet ?

— Auriez-vous oublié, Monseigneur, le concert privé que vous a offert Rose Wolferton ? À Laxton, vous avez eu le loisir de mettre sur pied une stratégie. En poussant des cris, vous semiez une si grande perturbation que votre alliée, tireur d'élite, avait le temps d'agir.

— C'est... c'est monstrueux ! Mais pourquoi aurait-elle tué le prince et son épouse ?

— La passion, Monseigneur ; plus exactement, la jalousie. Un domaine qui vous est complètement étranger.

— Vous vous trompez, mon fils ; rien de ce qui est humain ne doit m'être étranger afin que je ramène les brebis égarées dans le troupeau du Seigneur.

— En ce cas, vous pouvez entendre la suite. Rose Wolferton a été la dernière maîtresse du prince, avant qu'il ne prît la décision de se marier ; elle espérait devenir son épouse et conçut un très vif ressentiment à son égard lorsqu'il la délaissa.

— Rose est une idéaliste, précisa Humbert Worcester ; elle a la folie des grandeurs et se perd dans des rêves fumeux. Retomber sur terre n'est pas facile.

— Vous-même, monsieur Worcester, vous êtes vengé de Mlle Wolferton d'une manière peu élégante.

— J'ai beaucoup aimé Rose, inspecteur, et je l'aime peut-être encore ; être repoussé, bafoué, être dédaigné au profit d'un prince d'opérette... je ne l'ai pas supporté. Mon geste n'est guère convenable, je le concède, mais ma plume est ma seule arme.

L'embout du fume-cigarette fiché entre ses lèvres, le regard lointain, le critique semblait planer au-dessus d'une assemblée dont la médiocrité ne pouvait l'atteindre.

— Albert-René de Montjoie ne s'est pas, lui non plus, comporté de manière très élégante, rappela Higgins ; non content de rompre avec sa maîtresse, il s'est attaqué à l'artiste en cessant d'organiser les concerts où elle jouait en vedette. Mlle Wolferton est une personne fragile ; je la crois incapable d'organiser matériellement sa carrière. Démoralisée, elle aurait sombré dans une dépression encore accentuée par l'article impitoyable de Humbert Worcester qui lui déniait tout talent.

Rose Wolferton baissa la tête, se cacha les yeux avec les mains et pleura.

— Avec un rare cynisme, compléta l'ex-inspecteur-chef, le prince s'est amusé à inviter sa dernière maîtresse à un mariage qu'il voulait inoubliable ; lui qui ne croyait plus aux possibilités artistiques de la pianiste et avait rejeté l'amour d'une femme éprise s'offrait une dernière fois en spectacle son ancienne conquête. Dans ces conditions, on peut comprendre les motivations de Mlle Wolferton : elle se vengeait d'un amant ignoble et supprimait celle qui avait voulu prendre sa place.

Marlow attendait un torrent de protestations de la part de la pianiste ; mais elle demeura muette.

— Raisonnement implacable et brillante démonstration, jugea Humbert Worcester ; en vous écoutant, j'étais presque convaincu, quoique votre thèse soit inacceptable.

— Pour quelle raison ?

— Rose elle-même : elle est incapable de tuer quelqu'un. Elle peut haïr et aimer avec la même intensité, se donner pleinement dans une sonate ou un concert, tirer comme une folle sur des pigeons d'argile pendant une journée entière mais certainement pas supprimer une existence, fût-ce celle d'un insecte.

Le critique s'était avancé dans un rayon de lumière. Higgins le dévisagea longuement.

— Je vous crois, monsieur Worcester.

CHAPITRE XLIII

— Ce que n'a pu accomplir Rose Wolferton, vous-même...

Le critique s'esclaffa.

— J'attendais cette attaque, inspecteur ! Moi, un assassin ? Moi qui passe ma vie à faire et à défaire les réputations, à pourfendre les imbéciles ou à me battre contre des bouffons comme ce Lempereur ! Je ferais un meurtrier convenable, n'est-il pas vrai ? Mes innombrables ennemis s'exclameraient en chœur : « Nous savions qu'il finirait comme ça ! »

— Vous êtes un acteur détestable, jugea Adonis Lempereur, acide.

— Venant de votre part, mon cher, c'est plutôt un compliment. Quelles sont vos preuves, inspecteur ?

Higgins consulta son carnet.

Vos liens secrets avec le prince sont dignes d'intérêt ; il signait des pièces de théâtre dont vous étiez l'auteur... et que vous critiquiez avec la plus grande bienveillance.

— Difficile de le nier. Comme la plupart des critiques, je suis un auteur raté ; mais moi, je le sais et je m'en amuse ! Écrire un peu de théâtre par-ci par-là est une saine distraction ; celui qui s'est pris au sérieux, dans cette petite machination, c'est le prince lui-même. Être l'auteur officiel ne lui suffisait plus ; il voulait des rectifications dans le texte ! Imaginez un peu : une réplique britannique mise à la sauce d'un faux prince provençal... de quoi dégoûter le public le plus abruti.

— Le titre original de votre pièce n'était-il pas *Double meurtre* ?

Le critique demeura muet quelques secondes.

— C'est un fait, inspecteur.

— Qui a exigé une modification ?

— Le prince. *Pour qui fane le mimosa* étant tout à fait stupide, j'ai accepté. *Double meurtre* vous intrigue, n'est-ce pas ? Prémonition d'auteur ou préméditation d'assassin... voilà le problème qu'il vous faut résoudre !

Scott Marlow ne supportait plus l'arrogance de ce critique trop sûr de lui ; il admirait l'infinie patience de Higgins qui acceptait les remarques les plus ironiques sans hausser le ton.

— Cette pièce, quelle que soit sa qualité, a fini par vous rapporter de l'argent, monsieur Worcester.

— Merveilleuse surprise, inspecteur ; le magot n'était pas négligeable, il est vrai. Peu de représentations mais de bons droits radiophoniques. Quand le prince, un peu à court, a exigé « une rallonge », comme on dit ici, j'ai sèchement refusé et lui ai mis sous le nez les contrats que nous avions signés.

— Date de cet entretien ?

— La veille du mariage... et ce fut plutôt agité ! Ce cher Albert-René ne voulait pas lâcher prise. Quelques injures ont fusé et l'on a parlé de procès ; encore un peu, et il modifiait l'intrigue de la prochaine pièce.

— Il a menacé de mettre fin à votre collaboration.

— Triste démarche, en effet ; qu'attendre de mieux de la part d'un individu aussi médiocre ? Je ne lui ai pas caché ma façon de penser.

— Vous rendez-vous compte, monsieur Worcester, que vous apportez beaucoup d'indices contre vous-même ?

— Un crime d'auteur vexé ou d'écrivaillon en mal d'argent ? Méprisable et sordide ! J'aurais éliminé mon coauteur, ou plutôt mon masque de théâtre, par dépit, et son épouse afin qu'elle n'hérite pas de mes droits ? Détestable. Est-ce que cela me ressemble ? Que j'accumule contre moi des tonnes d'indices plus ou moins douteux n'a aucune importance, puisque vous savez que le suis innocent.

— En effet, reconnut Higgins.

Humbert Worcester rentra dans les ténèbres ; Higgins consulta à nouveau ses notes.

— Parmi les coupables possibles, il ne reste plus que vous, Monseigneur.

L'ex-inspecteur-chef se plaça face au prélat.

— Vous plaisantez, je suppose ?

— Deux fois, au même moment des *Noces*, vous avez eu la même réaction : vous manifester bruyamment pour interrompre la représentation.

— La cause n'était pas la même : la première fois, je m'insurgeais contre la mise en scène ; la seconde...

— La seconde ?

— C'est mon secret.

— Ce n'en est plus un, Monseigneur : vos nerfs ont cédé. Vous saviez qu'un frère et une sœur allaient convoler en noces maudites ; cette situation devenait tellement insupportable que la quête du pardon exprimée par le comte vous a bouleversé. Vous taire plus longtemps devenait impossible ; par votre intervention, vous espériez mettre un terme à un funeste projet.

— C'est possible, mon fils ; à dire vrai, je n'ai pas tellement réfléchi. Cet appel au secours, peut-être même au Seigneur, est sorti de moi comme un cri de désespoir. En entendant cette musique sublime descendre du ciel, je me suis révolté contre la condition humaine. Péché d'orgueil, vanité des vanités, manque de compassion... oui, je m'accuse de toutes ces fautes. La mort de ces jeunes gens m'attriste profondément, Dieu m'est témoin que je ne l'ai pas voulue et que je souhaitais seulement les sauver du péché. Je n'ai pas trouvé meilleure démarche que cette intervention tonitruante, non préméditée et si peu en accord avec la dignité ecclésiastique ; que tous les saints du paradis et les âmes des justes me pardonnent.

— Un dernier détail me gêne, Monseigneur.

— Parlez, mon fils ; je n'ai rien à redouter de la justice des hommes.

— Vous et moi savons qu'un épisode de votre passé présente quelque obscurité...

— Est-il nécessaire de l'évoquer ?

— L'une des personnes ici présentes était-elle au courant et s'en est-elle servie pour déclencher votre action ?

— Sur les Saintes Écritures, je vous jure que non.

— Vous voilà donc innocenté, Monseigneur.

Higgins referma son carnet noir et se dirigea vers la porte du cloître ; à n'en point douter, cette attitude curieuse signifiait que la confrontation s'achevait. Stupéfait, Scott Marlow posa la question qui lui brûlait les lèvres.

— Mais enfin, Higgins ! N'oubliez-vous pas quelqu'un ?

— Qui donc, superintendant ?

— Il me semble que vous n'avez pas évoqué le cas de Mlle Lubéron.

L'ex-inspecteur-chef revint sur ses pas et se plaça de nouveau au centre du cloître, regardant dans la direction de la jeune cantatrice.

— Adeline Lubéron... non, je ne vous avais pas oubliée.

CHAPITRE XLIV

— Ma carrière est déjà longue et je n'entretiens plus beaucoup d'illusions sur le genre humain ; grâce à vous, mademoiselle, j'ai pu constater que la pureté existait encore en ce monde. Vous êtes tout simplement lumineuse ; l'ombre n'a pas de prise sur vous.

Très émue, la jeune femme garda le silence.

— De plus, poursuivit Higgins, c'est grâce à vous que j'ai compris que ce double meurtre n'était pas l'œuvre d'un tireur d'élite ou d'un quelconque professionnel ; votre silhouette, mademoiselle Lubéron, appartient à l'univers de la beauté qui peut déclencher de folles passions. Et c'est précisément la plus folle des passions qui est la cause de ce double meurtre, commis pendant la « folle journée » des *Noces de Figaro*.

Higgins ouvrit la serviette noire qu'il avait posée au centre du cloître et en sortit la partition de l'opéra de Mozart.

— Rien n'a été préparé et ce double meurtre fut à peine prémédité, révéla-t-il ; ce fut un acte insensé, violent comme l'éclair, qui aurait dû échouer lamentablement. Mais le destin qui a guidé la main de l'assassin fut d'une terrible cruauté. Avec davantage d'attention, j'aurais pu l'identifier depuis longtemps puisque toutes les clés de l'énigme se trouvent dans cette partition et dans ce livret. Souvenons-nous des paroles de Chérubin au second acte, lorsqu'il parle de l'amour : *J'éprouve une inclination remplie de désir, tantôt délice, tantôt martyre ; je suis de glace, soudain de feu et, en un instant, à nouveau de glace. Le bonheur, je le cherche hors de moi-même... ni le jour, ni la nuit, je ne trouve la paix.*

— Comme c'est beau, reconnut Humbert Worcester.

— Comme c'est juste, ajouta Rose Wolferton.

— L'assassin était fou d'amour et faisait siennes les paroles de la comtesse, au début du second acte : *Amour, apaise ma douleur et mes soupirs ; rends-moi mon amour ou laisse-moi mourir.*

— Que dire de plus ? soupira la pianiste.

— Ce que dit la comtesse elle-même à la scène 8 de l'acte III : *Où sont ces beaux moments de douceur et de plaisir ? Où sont partis les serments de ces lèvres mensongères ? Mais pourquoi mon cœur conserve-t-il le souvenir du bonheur, bien que tout ne soit plus pour moi que larmes et souffrance ? Ah, si au moins ma constance à languir d'amour pour lui m'apportait l'espérance de changer ce cœur ingrat !*

— L'assassin est donc une femme, avança le prélat.

— Non, Monseigneur : ces textes des *Noces*

n'évoquent que l'état d'esprit et le désespoir d'un être acculé au meurtre. Un être qui s'est confessé à moi, m'a avoué ses crimes à sa manière, crimes commis parce que rencontrer toutes les *ladies* de l'univers lui a permis, selon ses propres termes, de « Former l'image d'une comtesse idéale qui résume en elle toutes les femmes ». L'aveu, il pourrait le formuler comme le comte dans la scène 4 de l'acte III *: Ce bonheur que je désire en vain, il devrait l'obtenir? Ce misérable prendrait pour femme celle que j'aime et qui n'éprouve rien pour moi? Ah non! Je ne te permettrai pas de jouir paisiblement de ton plaisir.*

Higgins s'avança vers Anatole Grisnez.

— Ces phrases décrivent-elles bien vos sentiments ?

Le maquilleur garda une immobilité minérale.

— C'est vous, monsieur Grisnez, qui vous êtes dénoncé vous-même ; votre double crime pesait tant sur votre conscience qu'il vous fallait vous dénoncer à votre manière, à travers un maquillage. Quand vous avez évoqué le sept comme symbole des *Noces,* j'ai d'abord pensé que vous faisiez allusion aux sept personnages principaux ; en réalité, vous désiriez m'orienter vers deux autres pistes. La première est facile à discerner dans l'ouverture.

L'ex-inspecteur-chef consulta la partition.

— L'ouverture doit être jouée *presto ;* avant le premier thème, aux vents, il y a sept mesures d'introduction ; sept seulement, ce que certains musicologues un peu bornés considèrent comme une faute, car il manque une mesure à la « carrure » qui nécessite un nombre pair. Mais Mozart ne s'est pas trompé ; l'entorse à l'usage était nécessaire pour donner le rythme de la folle journée des noces. Vous me révéliez ainsi le caractère improvisé de votre action criminelle, sa hâte, son incroyable rapidité.

— L'absence de cette huitième mesure est si évidente... un vrai mozartien devait interpréter correctement mon message.

— Il y avait davantage, continua Higgins, examinant cette fois la célèbre scène du pardon. Le comte croit avoir triomphé et refuse son pardon ; son épouse, déguisée en Suzanne, se dévoile et lui fait comprendre son erreur. Cette fois, le comte est profondément ému ; *contessa, pardono,* implore-t-il. *Je suis plus clémente que vous,* répond-elle, *et je vous l'accorde.* La partition est limpide : le « non » du comte correspond à un magnifique arpège de *septième* de sensible et la voix de la comtesse s'élève sur la *septième* de dominante. Cette septième, cette femme idéale à laquelle vous demandiez pardon, était Lady Godiva, aussi belle et séduisante que la comtesse des *Noces.* Sept, la femme aimée et le mariage impossible : vous faisiez de moi votre confident et passiez aux aveux à travers la musique et le spectacle que vous aimez tant.

Le maquilleur se tassa sur lui-même comme un vieillard las de l'existence.

— La vie n'est qu'un spectacle où seuls les mieux maquillés réussissent... moi, finalement, je suis un chausseur mal chaussé. J'ai créé tant de visages, habillé tant de corps... je me suis oublié moi-même. Mais l'amour, lui, s'est emparé de moi avec une violence que personne ne peut soupçonner. Quand j'ai avoué sous cette forme symbolique, inspecteur, j'espérais que vous ne comprendriez pas... et je souhaitais en même temps être arrêté et pendu pour que cesse cette douleur intolérable tapie au fond de ma poitrine.

— Votre exposition était une autre forme de confession.

— À cause des photographies ?

— Celle de Lady Godiva, maquillée et coiffée de manière superbe pour tenir son unique rôle lyrique. Elle n'a chanté qu'une seule fois... maquillée et coiffée par vous, monsieur Grisnez.

— Elle a changé ma vie et m'a révélé à moi-même ; lorsque j'ai transformé son visage pour la rendre belle comme une déesse, j'ai trouvé ma vocation. Comment ne serais-je pas tombé passionnément amoureux de la femme qui m'offrait le plus précieux des trésors ? Lorsque je lui ai déclaré ma flamme, elle ne m'a pas pris au sérieux ; comment un petit Français pauvre aurait-il pu épouser une riche lady ? Pourtant, je lui ai juré que je la tuerais si elle se mariait avec quelqu'un d'autre ; elle devait demeurer pure et inaccessible, en attendant que je fusse assez célèbre pour reparaître devant elle et lui demander sa main.

— Ne l'avez-vous jamais revue ?

— Jamais... sauf sur cette estrade royale où j'étais invité pour mes mérites professionnels. Savez-vous ce qui s'est passé, inspecteur ?

Anatole Grisnez leva vers Higgins des yeux embués de larmes.

— Elle ne m'a même pas reconnu.

— Pourquoi portiez-vous un revolver ?

— Pour tenir ma promesse. Puisqu'elle m'avait trahi, puisque mon unique modèle, mon inspiratrice se souillait au contact d'un homme indigne d'elle, je devais supprimer ce couple qui faisait mon malheur et le sien. Je n'avais aucun plan et je n'arrivais pas à me décider, d'autant plus que je n'avais jamais tiré ; et puis l'archevêque a hurlé. Sans réfléchir, j'ai agi. J'ai visé Lady Godiva au visage pour qu'on ne la reconnaisse plus jamais et le prince au cœur parce qu'il avait brisé le mien ; sans savoir si j'avais réussi, j'ai jeté mon arme et me suis assis pendant que la confusion s'amplifiait.

Scott Marlow était abasourdi par la relation du crime le plus improvisé et le plus dément de sa carrière ; un tireur d'élite aurait sans doute échoué là où un amateur en état second avait malheureusement réussi. La tension dramatique des *Noces* avait été si forte que les nerfs de Thomas Youlgreave avaient craqué, faisant craquer ceux du maquilleur. Un implacable enchaînement de circonstances qui avaient conduit un passionné à tenir son serment insensé. Détruire le visage trop aimé en se détruisant lui-même, tel avait été le but d'Anatole Grisnez.

— Vous avez commis une terrible erreur, monsieur Grisnez.

— Oui, inspecteur : survivre.

— Pas seulement : ce n'est pas Lady Godiva que vous avez tuée.

Une lueur de folie fit vaciller le regard du maquilleur.

— Je ne comprends pas...

— Vous ignoriez un fait capital, de même que Jenny Naseby et l'archevêque Thomas Youlgreave. Peu avant la fin de la guerre, Lady Godiva est morte en accomplissant son devoir d'infirmière ; à ses côtés se trouvait son amie Mary Partridge. Une amie qui était aussi son sosie et qui n'a pas résisté à la tentation : prendre l'identité d'une riche lady et connaître enfin une existence facile. De qui est tombé amoureux le prince Albert-René de Montjoie ? De la vraie Lady Godiva ou de son sosie ? Je suis persuadé qu'il connaissait la vérité ; homme précis, observateur, voire fouineur, il a compris la situation. Elle l'a d'abord amusé, puis séduit ; épouser une lady fausse et vraie à la fois, jouer à un jeu inédit le passionnèrent. Selon la juste remarque de Rose Wolferton : « Un mariage avec une aristocrate conventionnelle, ça ne lui ressemblait pas. » Sans doute n'aurait-il jamais épousé la vraie Lady Godiva ; son sosie, en revanche, quelle aventure insolite et romantique ! Lui, un fils sans père, pouvait rendre heureuse une femme qui avait osé devenir une autre. N'était-ce pas le théâtre transposé dans la réalité et l'apogée de l'art ?

Anatole Grisnez était au bord de l'évanouissement.

— Ce n'est pas possible, inspecteur... vous avez inventé cette histoire !

— Hélas, monsieur Grisnez ! La fausse Lady Godiva a eu la malencontreuse idée de regarder portraits et photographies de la vraie ; c'est pourquoi elle s'est coiffée et maquillée comme elle. C'est pourquoi vous avez vu apparaître la femme que vous aimiez ; sans le savoir, Mary Partridge vous acculait au meurtre. Sa ressemblance avec Lady Godiva était telle que, lors de son retour au domaine, après la guerre, Jenny Naseby ne l'a pas identifiée ; elle a simplement noté un changement de caractère, une tendance à la solitude, des attitudes farouches ; en réalité, Mary Partridge voulait éviter de trop parler et de trop se montrer. Aussi a-t-elle licencié le personnel puis voyagé.

— J'aurais dû me fier à mon instinct, déplora Jenny Naseby, mais comment imaginer pareille substitution ?

— Personne ne pouvait s'en apercevoir ; Mgr Youlgreave moins que les autres, en raison de sa myopie.

— Tout s'explique, reconnut la régisseuse ; avant la représentation des *Noces,* j'ai eu un entretien avec celle que je croyais être Lady Godiva. Je lui ai révélé qu'elle était la sœur du prince Albert-René de Montjoie... et elle m'a ri au nez ! Pauvre fille... elle a touché de si près au bonheur.

ÉPILOGUE

Scott Marlow était encore sous le choc ; il n'oublierait pas de sitôt la mystérieuse affaire d'Aix-en-Provence que seul le divin Mozart avait pu éclaircir avec l'aide de Higgins ; certes, ce dernier déplorait d'avoir perdu quelque temps dans la mise au jour de la vérité et d'avoir suivi des cheminements un peu étranges par rapport à la technique policière habituelle.

À la fin de la confrontation, Anatole Grisnez avait perdu la raison ; il marmonnait des passages des *Noces de Figaro* d'une voix enfantine. Deux infirmiers, convoqués par le commissaire Papassaudi, l'emmenèrent dans une clinique psychiatrique ; ensuite, la justice suivrait son cours.

L'archevêque Thomas Youlgreave avait aussitôt regagné Laxton ; au nom des autres témoins, il remercia Scotland Yard de les avoir innocentés et d'avoir évité un scandale. Rose Wolferton et Humbert Worcester quittèrent le cloître bras dessus, bras dessous, comme deux vieux amis. Adonis Lempereur jura d'abandonner la mise en scène et d'ouvrir un restaurant dans le vieil Aix. Adeline Lubéron retourna au pavillon Vendôme ; Jenny Naseby partit pour le domaine des Corby sur lequel elle veillerait jusqu'à ses derniers jours.

— Quel admirable opéra, dit Higgins à Marlow qui tentait de se réconforter avec un double cognac. L'écouter rajeunit ; il dissipe fatigue et vieillesse.

— Le Yard nous attend, Higgins. Grâce à vous, ma carrière n'est entachée d'aucun blâme ; je tenais à vous exprimer ma gratitude.

— Inutile, mon cher Marlow : l'amitié est sacrée.

— Nous prenons le train demain matin de bonne heure, conformément à vos instructions ; nous devrions aller nous coucher.

— Excellente idée.

À minuit passé, Marlow, qui ne parvenait pas à s'endormir, entendit des craquements suspects dans l'appartement de l'hôtel du Poët ; la conscience professionnelle l'obligea à se lever. Le superintendant vit passer la silhouette de Higgins qui se dirigeait vers la porte d'entrée. N'obéissant qu'au sens du devoir, Marlow s'habilla à la hâte et suivit son collègue. Où pouvait-il bien aller, à une heure pareille ?

En cette nuit d'été, les rues d'Aix-en-Provence n'étaient pas désertes ; des badauds profitaient de ces douces heures pour découvrir les nobles demeures de la ville.

Higgins marchait vite ; Marlow le suivit avec quelque difficulté jusqu'au jardin du pavillon Vendôme ; lorsqu'il vit apparaître Adeline Lubéron, le superintendant, gêné, se cacha derrière un bosquet. Surprendre la conversation était affreusement indiscret, mais comment faire autrement ?

— Vous êtes venu, inspecteur.

— Vous m'aviez invité, mademoiselle.

— Vous me faites un immense plaisir.

— N'inversez pas les rôles ; la faveur que vous m'accordez est inestimable.

Higgins s'assit sur un muret de pierre ; Adeline Lubéron s'écarta de quelques pas, se concentra un instant puis, illuminée par la clarté argentée de la lune, chanta le fameux air de Suzanne qui, sous les pins du jardin où prenaient fin les *Noces de Figaro,* offrait un hymne à l'amour universel. Les phrases musicales, ciselées à la perfection, s'élevèrent avec aisance vers le ciel étoilé.

Marlow n'était guère amateur d'opéra ; mais comme Higgins, il goûta un moment de bonheur intense car, selon les paroles de Mozart : *Cette journée de tourments, de caprices et de folie, seul l'amour pouvait lui donner un terme.*

Composé par EURONUMÉRIQUE *92120 Montrouge*
et achevé d'imprimer en février 1997
sur les presses de la Société Nouvelle Firmin-Didot
à Mesnil-sur-l'Estrée (Eure)

- N° d'imprimeur : 37383 -
- N° d'éditeur : DSY 19 -
Dépôt légal : février 1997

Imprimé en France